Mon cœur contre la terre

DU MÊME AUTEUR

La libraire de la place aux Herbes, Eyrolles, 2017 ;
J'ai lu, 2019.

Il y a tant d'aurores qui n'ont pas encore lui, Éditions
Le Passeur, 2018 ; paru sous le titre
Les orphelins de l'aurore, J'ai lu, 2020.

Abécédaire de l'écologie joyeuse, Bayard, 2020.

Les Jardins de Zagarand, Éditions Flammarion, 2021.

ÉRIC DE KERMEL

Sur une idée originale d'Isabel Otero

Mon cœur contre la terre

ROMAN

© Éditions Eyrolles, 2019

Le Code de la propriété intellectuelle interdit les copies ou reproductions destinées à une utilisation collective. Toute représentation ou reproduction intégrale ou partielle faite par quelque procédé que ce soit, sans le consentement de l'auteur ou de ses ayants droit ou ayants cause, est illicite et constitue une contrefaçon sanctionnée par les articles L335-2 et suivants du Code de la propriété intellectuelle.

À Sidonie, Maxime, et Pascale
À ma mère
À mes amis de la Clarée
Aux Colibris
Merci de vous battre encore et toujours
pour la grande faune à quatre pattes,
l'alouette et le courlis cendré, les coquelicots
et le petit monde minuscule des prairies
comme des océans...

Préface

Pour relever l'immense défi du dérèglement climatique et de la sixième extinction de masse des espèces, il ne suffit pas d'être assommé de chiffres et de constats. Il ne suffit pas de comprendre que la situation est grave. Nous avons besoin de le ressentir. De laisser cette réalité nous traverser, nous bouleverser. Pourtant, cela n'est pas non plus suffisant. Notre réaction ne peut se nourrir uniquement d'angoisse, d'urgence ou de colère. Elle a besoin de notre créativité, de notre sensibilité et, oserais-je le dire, de notre amour. Ce que la maladie du climat et de la biodiversité cherche à nous dire est certainement que nous nous sommes dangereusement coupés de la nature, non seulement des écosystèmes dont nous sommes interdépendants, mais aussi de notre propre nature. Abrutis de stimulations colorées sur de petites plaques de verre rétro-éclairées, suractivés par les tombereaux de mails, de notifications, la trépidation des métropoles, la succession des informations en continu, nous ne faisons plus suffisamment l'expérience du silence, de la contemplation, du lien. Éloignés du rythme des saisons, des plantes, des marées, nous ne percevons plus les signaux qui pourraient nous ramener à l'équilibre. Ainsi perfusés de divertissement, abrutis de travail, nous progressons de notre mieux dans les méandres quotidiens et assistons à la terrible dégradation de la vie sur Terre, impuissants.

Éric de Kermel connaît bien la vallée de la Clarée (« celle qui éclaire » !) dont il parle ici. Il connaît les étoiles, le son des torrents et des rivières, le crissement de la neige sous les pas, le nom des arbres et des plantes, les bergers et les refuges, il connaît le silence et la nuit.

À travers l'itinéraire d'Ana, prise au milieu de toutes ces contradictions, en racontant l'histoire de ce petit microcosme du refuge de montagne et du monde sauvage qui l'entoure, il nous plonge dans une réalité sensible, nous fait traverser l'écartèlement, la peine, la révolte, l'absurdité du monde politique, nos ambiguïtés face aux animaux qui partagent notre espace, la filiation, la maladie, la mort, pour nous conduire sur l'autre rive. Où une forme de réconciliation est possible. Où l'amour de la nature peut nous donner le courage de la protéger. Où l'amour de l'autre, la paix intérieure, peuvent redonner du sens à notre présence sur cette planète.

À travers un récit initiatique, porté par la tendresse et la foi en l'humain, Éric de Kermel nous propose une expérience susceptible de nous interroger et pourquoi pas de nous transformer.

Avec simplicité, il nous invite à « ne pas nuire ».

Ce qui, par les temps qui courent, est loin d'être inutile.

Cyril Dion

1

À l'autre bout de moi

6 h 34. C'est l'heure à laquelle le train de nuit en provenance de Paris arrive à Briançon.

Heureusement qu'il existe encore des trains de nuit. Des trains qui ne sont pas seulement pour les voyageurs qui ont une carte Fréquence et prennent le TGV comme un métro, travailleurs migrateurs qui retrouvent Saint-Malo, Avignon ou La Rochelle le temps d'un week-end. Le Paris-Briançon sera sans doute le dernier train de nuit de la SNCF. Il deviendra alors une expérience, un voyage rare, un Transsibérien à la française. On en parlera dans les salons parisiens comme d'un vieux vinyle de Duke Ellington trouvé chez un disquaire de Saint-Germain.

Habituellement je dors très bien dans le train. Dès le départ j'ai déjà l'impression d'être arrivée. Je laisse sur le quai mes préoccupations parisiennes, et mes songes me précèdent dans la montagne.

Mais là, je n'ai pas dormi de la nuit. J'ai sauté dans ce train comme un passager clandestin qui

13

prend la fuite. Le tacatac des roues sur les rails n'a pas réussi à calmer mon cœur en bataille.

Le regard perdu, incapable de me calmer pour laisser le sommeil me prendre. Incapable aussi de fixer mon attention sur le livre que je trimbale au fond de mon sac. J'ai relu cinquante fois la même ligne qui ne s'imprimait pas au-delà de ma rétine. Je n'ai cessé de me débattre dans l'éternelle couverture marron de la SNCF digne d'un paquetage de bidasse. Ma nuit s'est passée à regarder les ombres et les lumières alterner sur le plafond de ma couchette.

Je suis à bout. À bout de moi. À l'autre bout de moi. Un endroit dont je ne connaissais pas l'existence. Il y fait si sombre.

La montagne.

Retrouver les Alpes.

La vallée de la Clarée.

Ça relève de l'instinct de survie. Si je n'avais pas quitté Paris en plaquant tout, je crois que je serais aujourd'hui plus en danger qu'un funambule sur un fil par temps de mistral.

Devant la gare, trois taxis attendent les naufragés de la nuit. Il me suffit d'un.

— Bonjour, monsieur. Je vais à Névache, à la Fruitière de Fontcouverte.

— Bonjour, ma belle dame. Désolé, mais je ne suis pas équipé. Je peux aller jusqu'à la ville haute mais ensuite il faudra continuer à pied.

— Je pensais que maintenant ils déneigeaient jusqu'à Fontcouverte ?

— Ah non... Mais vous pourrez louer des raquettes à Névache. Et finir à pied.

— Merci.

— Vous êtes en vacances ?

— Non... enfin oui...

La voiture quitte la nationale qui rejoint le col de Montgenèvre puis l'Italie et s'engage dans la vallée de la Clarée.

Névache – quinze kilomètres.

J'ouvre la fenêtre. L'air glacial me fouette le visage. Une gifle ; une gifle d'amour.

À chaque fois que j'arrive en montagne, je réalise qu'en ville je vis en apnée.

Paris, ce n'est pas Le grand bleu mais Le grand gris. On n'y croise pas le regard des dauphins mais celui de l'homme en gris, de la femme grise, même les enfants sont gris, comme si ce n'était plus leur visage qui reflétait l'enfance mais le bitume qui se reflétait dans leurs yeux.

Je suis sûre que l'enfant de la montagne reste un enfant plus longtemps. Et c'est bien ainsi. À quoi ça sert de quitter l'enfance trop tôt ? Aujourd'hui, c'est moi qui ai pris la couleur du bitume et l'enfant qui court sur les trottoirs de mon âme est perdu, se cogne à la lumière comme les insectes à celle d'un réverbère blafard.

— Hé, ma belle dame. J'ai pas envie d'attraper la crève moi !

— Désolée, c'était indispensable, je voulais juste m'assurer que ça existait toujours.

— Quoi ? Le froid ?

— Non. L'air d'ici, l'air qui a le goût de l'air.

— Ça leur fait toujours ça aux Parisiens. Ils nous parlent de l'air de la montagne comme d'un grand cru de Bourgogne.

— Oui… C'est vrai… Mieux qu'un grand cru de Bourgogne… C'est un grand cru d'oxygène.

Les Alberts, Le Rosier, Val-des-Prés, Plampinet. Dernier hameau avant la grande ligne droite à travers les pins.

La Clarée !

Je sais qu'elle est là, au milieu des arbres. C'est le nom de la rivière. C'est plus que le nom d'une rivière, c'est celui d'un autre monde où le temps ne se conjugue plus qu'au présent. Un monde où le soleil éblouit la nostalgie. Je sais qu'elle coule à quelques mètres.

J'ouvre de nouveau la fenêtre.

— Juste une minute, monsieur.

— Dites-moi, vous manquez vraiment d'air vous !

— Non. Je voulais entendre la rivière.

Me voilà rassurée ; un peu calmée. C'est rassurant l'éternité.

La Clarée est éternelle. Comme le Thabor, l'aiguille Rouge, la Noire, ou la pointe des Cerces.

— Terminus. Tout le monde descend !

— Merci, monsieur.

— Bon séjour, ma belle dame. Y a pas grand monde debout à cette heure.

— Ce n'est pas grave. Au revoir, monsieur.

La route de la vallée est une impasse. C'est pourtant mon issue de secours.

Les étoiles semblent à portée de main. La Grande Ourse, le baudrier d'Orion, Cassiopée, et l'étoile Polaire se distinguent encore sur la carte du ciel avant que le jour ne l'efface. À cette heure-ci, elles basculent vers l'Italie. Peut-être ont-elles envie d'un cappuccino.

Les étoiles, elles, ne sont pas éternelles ! Je n'imagine pas que le monde puisse tourner comme avant, le jour où l'on ne verra plus l'étoile Polaire ! Comment feront les navigateurs, les alpinistes et les bergers quand elle aura disparu ?

Peut-être que toute notre histoire aurait été différente si les Rois mages n'avaient pas suivi cette étoile. Peut-être seraient-ils allés déposer leurs cadeaux au pied du berceau d'un bébé éthiopien ou d'un petit Inuit... Gaspard, Melchior et Balthazar en Alaska !

La première fois que je suis allée en Norvège, au Spitzberg, Åsmund Asdal, un ami biologiste, m'avait montré sur son écran une représentation en trois dimensions du ciel : chaque astre bien positionné par rapport à ses frères, et à la Terre. Il n'y a pas deux étoiles qui soient à égale distance de notre planète. Depuis, je ne regarde plus le ciel autrement qu'avec cette représentation mentale toute en perspective.

Regarder ce ciel, seule dans ma nuit, calme un peu mon esprit.

Je m'accroche aux étoiles.

Je cherche Proxima du Centaure, la plus proche de nous, et j'imagine Ulas J001535.72+015549.6, une étoile rouge découverte il y a peu et considérée comme la plus lointaine. Quand elle s'est éteinte, il y a sept cent quatre-vingts millions d'années-lumière, les hommes découvraient tout juste le feu.

J'ai plus de sympathie pour les astrophysiciens des temps anciens qui donnaient de jolis noms aux étoiles que pour ceux qui les baptisent d'une appellation qui ressemble davantage à une cotation boursière.

Je m'approche de la fontaine. Une couche de glace recouvre le bassin mais l'eau coule toujours aux quatre becs en fer forgé qui permettent de se désaltérer. L'eau glisse sur la glace comme une patineuse dessinerait des reflets moirés. Je vois les étoiles se refléter sur le disque sombre du bassin.

Je tends la main puis pose mes lèvres dans son creux. L'eau coule dans ma gorge et éteint un peu le feu du dragon de mes idées sombres. J'ai le sentiment de faire un geste qui n'a pas d'âge. Un geste qui me relie aux plus primitifs des hommes, à l'histoire ancienne, et de toujours...

Je pense à mes compagnons d'adolescence, Thomas, Pierrot, Antoine et Natha. Bien plus que des compagnons de cordée, nous étions inséparables et partagions tout. À chacun de nos retours de randonnées nous nous arrêtions à la fontaine pour boire à cette eau-là.

Je pense à Paul aussi. À la fin de nos séjours ici, avant de remonter à Paris, je remplissais nos deux gourdes pour pouvoir encore, durant quelques jours, bénéficier de la meilleure des eaux de vie. Mais elle n'est pas pour autant un philtre d'amour… Paul est désormais très loin.

Là-haut, les Roches de Crépin s'irisent de braise.

La silhouette de la Main de géant se dessine en ombre chinoise. Certains l'appellent la main de Dieu, d'autres celle du diable car c'est une main gauche. À croire que Dieu est manchot et n'a qu'une main droite.

Mais est-il d'autre diable que celui à qui l'on ouvre soi-même la porte ? La mienne est béante, elle claque sous les bourrasques de mon âme à vif.

La route au-delà de Névache est uniformément blanche mais la neige qui la recouvre n'est pas récente. Les randonneurs à skis ou en raquettes l'ont damée et rendue dure.

Je ne vais pas attendre que Nils ouvre sa boutique pour m'équiper. Surtout que là-haut, chez Pasco, je trouverai tout ce que je veux pour sillonner la montagne.

Je m'engage dans la montée vers la haute vallée. J'ai beau avoir pris soin de faire un sac léger, je ressens rapidement que je n'ai plus de souffle ni de muscles dans les jambes. Là où je mettais trente minutes pour rejoindre Fontcouverte, je prends plus d'une heure en m'arrêtant régulièrement pour calmer les battements d'un cœur qui danse le tango.

Je laisse en contrebas les chalets de la Gardiole. Thomas est là. La fumée sort de sa cheminée. Thomas est berger. Nous avons été à l'école ensemble.

Toute la haute vallée est rose, empourprée comme une amoureuse après son premier baiser. Je renouvelle le geste qui était le mien quand je revenais en vacances après de trop longues absences à guetter la fin du semestre universitaire. Je pose plusieurs baisers dans mes mains et les envoie aux quatre points cardinaux.

Mais le cœur n'y est pas et les larmes me montent aux yeux. J'ai l'impression de trimbaler mon automne au printemps. Les mots de Henri Calet sont aujourd'hui les miens : « Ne me secouez pas, je suis plein de larmes. »

J'entends le tourbillon de la cascade de Fontcouverte. « Fontcouverte » signifie la fontaine couverte. La petite chapelle devenue l'emblème de la vallée indiquerait l'emplacement d'une source miraculeuse qui redonnerait la joie de vivre !

J'espère que je serai bénéficiaire de ce miracle à mon tour.

Pour la plupart des touristes qui viennent dans la Clarée, la cascade est l'unique but de visite. Pourtant, au-dessus de Fontcouverte, la vallée est encore plus belle ! C'est là où les torrents dévalent les flancs des alpages, que les sonnailles des troupeaux résonnent d'une rive à l'autre et que tous les sommets semblent incliner leur tête pour regarder la rivière.

Je quitte la petite route enneigée pour attaquer le sentier qui rejoint le refuge de Ricou.

À part les traces parallèles des patins de la motoneige du refuge, ce chemin-là n'est pas damé et la croûte de surface de la neige cède sous mon poids. Je m'enfonce, et chaque pas demande un effort. J'ai beau avoir mis mes chaussures étanches, je n'ai pas de guêtres et j'ai rapidement de la neige plein les chaussures, un pantalon trempé et le souffle de plus en plus court.

L'altitude.

J'enrage contre mon manque d'entraînement. Une vraie Parisienne bien plombée.

Le refuge est à deux mille cent quinze mètres. Ce n'est pas haut mais à partir de huit cents mètres d'altitude, il y a moins d'oxygène, et le corps doit produire plus de globules rouges pour compenser. À ce stade, je dois pouvoir compter ces globules sur les doigts d'une main.

Il paraît que huit cents mètres est l'altitude idéale pour l'organisme. A-t-on fait des études pour vérifier que ceux qui vivent à ces hauteurs-là vivent plus longtemps ? Je m'en fiche un peu. Au vieux beau je préfère le vieux bon. C'est vrai aussi pour le jeune.

Je distingue enfin les premiers chalets de Ricou. La cheminée fume également ici. Je me souviens de ces films américains où le trappeur, épuisé, blessé par un ours, après de nombreuses heures à avancer en boitant, distingue enfin cette fumée blanche qui s'échappe au-dessus d'une maison en rondins. Alors il sait qu'il est sauvé. Qu'il aura chaud. Qu'il sera soigné.

Je considère cette fumée comme ce trappeur. Mon ours à moi s'appelle la corruption, la compromission, la mésestime... Je suis mon propre bourreau.

L'écorce à laquelle je frotte mes plaies vives, c'est moi qui l'ai endurcie. C'est moi qui ai un jour oublié dans un vieux coffre du grenier de mon âme la jeune Nanouche et ses rêves d'enfant.

Yulka court vers moi en aboyant. Je me mets à genoux dans la neige et elle me donne des grands coups de langue qui se mélangent à mes larmes.

Je ris, je pleure, je suis enfin là.

Je suis si loin d'hier.

Et pourtant ce n'est qu'hier que tout a basculé. Quand j'ai perdu connaissance, au milieu de l'avenue de l'Opéra, entourée de bus et de voitures allant dans les deux sens. Que je me suis réveillée. J'étais allongée sur un banc et trois jeunes femmes me parlaient en me tapotant les joues.

Je sortais d'un rendez-vous avec Paul, au ministère de la Santé.

Je dirige l'Agence de sécurité sanitaire qui effectue les tests sur les produits que les sociétés chimiques souhaitent mettre sur le marché pour traiter les jardins, les vergers, les champs ou les animaux. Le jour où j'y suis entrée, toutes les associations avaient applaudi car j'avais la réputation d'une éco-guerrière qui ne lâche rien.

22

À cause du Roundup, de nombreuses sociétés cherchent une alternative à l'utilisation du glyphosate qui est le composant mis en cause dans le célèbre herbicide. Le premier qui trouve une molécule qui permet d'éliminer les mauvaises herbes sans tuer les sols et les insectes a gagné le gros lot !

Une société française, Mylian, est dans la compétition finale face à une concurrente allemande et une troisième américaine. Il y a un an, les Français nous ont fourni une solution chimique pour que nous réalisions des essais en conditions réelles. « Greenstop » est le joli nom trouvé par ces apprentis sorciers.

Le protocole de test implique quatre essais, renouvelés à chacune des quatre saisons, et dans quatre milieux différents où sont représentés 100 % des insectes. Il y a donc soixante-quatre tests qui sont réalisés par un réseau d'entomologistes que j'anime. Je suis chargée de recueillir les résultats et de fournir la synthèse aux ministères de l'Agriculture et de la Santé. Il faut ensuite la signature des deux ministres pour qu'un brevet commercial puisse être déposé.

Paul est mon interlocuteur au ministère. Celui qui fut mon mari a depuis longtemps oublié ses convictions écologiques au profit de ses ambitions politiques. Pourtant, au début, quand nous étions follement amoureux, nous pensions que c'était une chance d'avoir ces combats en commun. Ils nourrissaient nos échanges, et nous avions l'habitude de nous entraîner l'un l'autre quand nous devions préparer des réunions importantes. Mais, petit à petit, j'ai vu Paul être attiré par les sirènes du pouvoir, grisé par les ors de la République. Il devenait cynique, parfois amer, et mettait son ego devant les enjeux à défendre. Ce fut une nouvelle fois le cas avec le Greenstop...

Dès la fin de l'été, alors que je n'avais que soixante résultats, tous indiquant qu'il n'y avait aucun caractère nocif du Greenstop sur les milieux naturels, Paul est intervenu pour me signaler qu'il y avait de très gros enjeux commerciaux et que le ministre lui-même lui avait demandé de m'en parler. Compte tenu des premiers résultats, il voulait que je donne l'autorisation de dépôt du brevet. Le but était de faire gagner la société française. J'avais envoyé Paul aux pelotes et son ministre avec.

Mais, sous la pression, je me suis engagée à rendre un avis sous un mois. Sauf qu'un mois plus tard, je n'avais que trois nouveaux résultats sur les quatre attendus. Tous inoffensifs. Le seul qui manquait concernait les odonates, la famille des libellules. À cause du dérèglement climatique, le décalage de la saison rendait le test dans le Languedoc impossible à effectuer car toutes les larves n'étaient pas à maturité.

Devant la colère et la violence de Paul quand j'ai évoqué le report de la décision, j'ai fléchi et signé l'autorisation de mise sur le marché du Greenstop. Mais, dix jours plus tard, j'ai reçu le résultat manquant. « Opposition » était

accompagné d'un commentaire très explicite :
« Vingt-quatre heures après la dispersion du produit à proximité des mares, 100 % des odonates
ont été retrouvés morts. »

C'est pour faire marche arrière et dire à Paul
que je m'étais trompée que j'étais dans son
bureau hier matin.

Ses mots ont été comme des claques :

— Si tu te rétractes, c'est ta carrière que tu
ruines. Ce n'est pas moi qui ai rendu un rapport d'épreuves avec soixante-quatre avis positifs
mais bien toi.

Quand je lui ai dit que je révélerais à la presse
les pressions que j'avais subies, il m'a répondu
avec ironie :

— Tu crois que quelqu'un te croira, toi, la
reine des barricades. Ce sera ta parole contre
celle du ministre !

Je suis sortie de son bureau et j'ai rangé le
rapport du Languedoc dans ma poche. Moi qui
n'avais jamais eu peur d'aucun combat, je me
suis d'un coup sentie vidée, incapable de m'engager dans celui-là. C'est là que tout s'est voilé et
que je me suis retrouvée comme une zombie au
beau milieu de l'avenue de l'Opéra.

Il paraît que cela s'appelle un « burn out ». Un
peu comme dans un circuit électrique quand un
fusible grille car la tension est trop forte.

2

La Clarée, mon refuge

Yulka me précède.

Pasco, entendant sa chienne aboyer, est sorti sur le pas de la porte. Je le vois plisser les yeux pour distinguer celle qui vient vers lui. Alors qu'il ne me reste que quelques mètres pour le rejoindre, il ne me reconnaît toujours pas.

— Voilà ce que c'est que de faire le beau. À force de refuser de porter des lunettes, tu ne reconnais plus les tiens !

— Ana ? C'est toi... Ana !

Pasco me prend dans ses bras avec la tendresse d'un bûcheron canadien pour sa tronçonneuse.

— Mais enfin ! Comment voulais-tu que je te reconnaisse ? C'est quoi cette tenue ? T'as oublié qu'en montagne on a un truc en hiver qui s'appelle la neige ? Et ta tête. Tu as maigri ! T'es pas devenue végétarienne ? Et puis tu aurais pu prévenir, j'aurais...

— T'aurais quoi ? Annulé ta conférence à Dubaï ? Mis ton costume trois pièces ? Préparé le loft du refuge en faisant chauffer le jacuzzi ?

Pasco éclate de rire, et moi aussi.

— C'est bon d'être là ! Je ne t'ai pas prévenu car hier matin je ne savais pas que je sauterais dans le train de nuit pour venir ici.

— Bon, ben tu vas me raconter tout ça. En attendant, rentre donc car tu vas attraper la crève.

Le refuge domine la vallée. Il profite de toute la course du soleil qui se lève du côté italien et va se coucher au-delà des Écrins.

Ce n'est pas un chalet mais un ensemble de bergeries restaurées. On y trouve une gamme d'hébergements allant du dortoir que l'on partage à une dizaine, bénéficiant gratuitement des ronflements et odeurs de chaussettes humides de compagnons d'un jour, à des chambres très cosy ornées de petits rideaux à fleurs. En été, la grande terrasse au sud est entourée de jardinières avec des géraniums qui laissaient croire à Siloé, la femme de Pasco, qu'elle n'avait pas tout perdu de La Réunion, son île d'origine.

Siloé n'est plus là. Mais Pasco fait perdurer la tradition ; les géraniums hibernent dans la cave et sont ressortis après les dernières gelées.

En réalité, Pasco s'appelle Jean-Pascal mais, comme il le dit, « seuls les gens qui ne m'aiment pas m'appellent Jean-Pascal ».

Il me fait asseoir dans le vieux fauteuil avachi à côté du poêle et commence par dénouer mes lacets, enlever mes chaussures, mes chaussettes, puis tire sur mon pantalon trempé. Je me retrouve en culotte, un grand sourire aux lèvres, regardant avec tendresse l'homme des bois.

— On peut dire que tu sais t'y prendre avec les femmes. Je suis à peine arrivée que je me retrouve presque à poil !

— Dis-moi, la Nanouche, pour moi t'es pas vraiment une femme. T'oublies que je t'ai donné plus d'une fois ton bain quand tu étais petite !

La porte du refuge s'est ouverte, laissant sur le seuil un très beau garçon passablement décoiffé, ayant visiblement quitté la douceur de sa couette il y a peu, et légèrement interloqué par la situation qu'il découvre.

— Papa ? C'est qui ?

— Ben, Maxime, ne la regarde pas comme ça de haut en bas ! Tu ne reconnais pas Ana ?

— Tu vois, Pasco, ton fils, lui, il ne voit pas seulement une Nanouche en petite culotte !

Maxime me fait son plus beau sourire et vient m'embrasser chaleureusement.

— Excuse-moi, Ana. Ça fait tellement longtemps. Et puis...

— Oui, je sais, j'ai changé. Cela fait neuf ans que je ne suis pas venue. Mais tu as changé bien plus que moi ! Donc, tu dois avoir... vingt ans ?

— Vingt et un.

— Je n'étais pas loin. Félix a un an de plus que toi !

— Il va bien ton fils ? Toujours au Canada ?

— Oui, à croire que nos montagnes étaient trop petites pour lui.

En réalité, je sais bien que c'est au moment de notre divorce avec Paul qu'il a eu besoin de prendre le large. Mais le résultat des courses, c'est qu'il faut plus de vingt-quatre heures pour le rejoindre dans le Yukon ! Et là où il est, autant dire que l'on ne se skype pas tous les jours. Alors, on s'écrit. Comme au temps où Internet n'existait pas. De longues lettres où l'on se raconte tout ce qui semble important mais aussi nos états d'âme, nos questions philosophiques, nos dernières lectures...

— Il emmène toujours des touristes en canoë ?

— Oui, et la destination qui a le plus de succès, c'est le pèlerinage jusqu'au fameux bus où est mort Christopher McCandless.

— C'est qui celui-là ?

— Le jeune écolo dont l'histoire a inspiré un livre, puis le film *Into the Wild*.

— Ah oui ! Trop génial ce film !

— Dis-moi, Pasco, si tu me dis où je peux poser mes affaires, je passerais bien un autre pantalon.

— Bien sûr. Tu restes combien de temps ?

— Je ne sais pas. Peut-être longtemps. Je ne sais pas.

— Ah... Alors prends la chambre des Lacs, c'est la plus grande, et tu n'entendras pas trop le bruit de la cuisine et des skieurs qui se lèvent tôt.

— Merci. Tu attends du monde ?

— Oui, toujours un bon taux de remplissage. Avec le développement du ski de randonnée, les refuges ont retrouvé des couleurs, même en hiver ! Je prépare le petit déj. Tu prends toujours de la chicorée le matin ?

— Oui, mais ne me dis pas que tu en as encore ?

— Toujours. Au cas où tu arriverais à la fin de l'hiver...

Un grand piano noir occupe une place imposante au centre de la grande salle du refuge. Il est totalement incongru dans cet endroit et ne doit sa présence qu'à la seule condition posée par Siloé lorsqu'elle a quitté La Réunion : « Si je viens m'installer dans ta montagne, je ne viens pas sans mon piano ! »

Seul l'amour peut déplacer les montagnes, dit le proverbe. En l'occurrence, il a déplacé un piano demi-queue en plein cœur des Alpes. Le piano est d'abord arrivé par bateau à Marseille avant qu'un camion le transporte jusqu'à Fontcouverte. De là, il s'est envolé au bout des sangles d'un hélicoptère pour être posé directement en plein milieu de la grande salle du refuge. Pasco savait qu'il ne passerait pas par la porte et il avait eu le choix entre démonter le mur ou le toit. Ce qui, dans l'ordre inverse de la construction d'un chalet, est le plus simple puisque c'est le toit qui est posé en dernier.

Le jour où le piano de Siloé a trouvé sa place, avant que le chalet soit recouvert, elle s'est assise devant son clavier et Brubeck, Beethoven,

Schubert et Bach ont résonné dans toute la vallée, chaque montagne réverbérant l'écho d'une nouvelle symphonie alpine.

Pasco est le frère de ma mère. Mon grand-père était chasseur alpin et ils ont grandi à Briançon, aux Pananches, la maison familiale dont maman a hérité et où j'ai vécu toute mon enfance. Ce fils-là n'a pas voulu faire comme son père mais il a pourtant bien hérité le gène de la montagne et, dès qu'il a pu, il est parti faire l'ENSA, l'École nationale de ski et d'alpinisme de Chamonix. Il est ainsi devenu guide de haute montagne.

Pasco a parcouru toutes les montagnes du monde, faisant partie des meilleures cordées. C'est de cette façon qu'il s'est retrouvé à La Réunion où il a rencontré Siloé. Elle lui a demandé de choisir entre le tour du monde et elle. Pasco a renoncé aux voyages mais pas à la montagne et il a décidé de créer ce refuge dans sa vallée natale. Certains jours d'été, quand les portes et les fenêtres étaient ouvertes et que nous étions en randonnée, on entendait Siloé jouer de la musique ; et bien souvent les soirées d'hiver se passaient à chanter autour du piano. Elle avait une belle voix douce et grave et donnait des carnets de chant à tous ceux qui étaient de passage. Je garde un souvenir unique de ces moments où nous chantions à l'unisson Sanson, Ferrat, Moustaki, et tous les classiques de la chanson française.

Siloé et Pasco n'ont eu qu'un enfant, Maxime. Pasco en aurait voulu d'autres mais Siloé est morte dans un accident de montagne alors que Maxime avait cinq ans. Je n'ai jamais vraiment su ce qui s'était passé car le fait même d'évoquer la disparition de sa femme plonge Pasco dans un abîme de tristesse. Siloé n'a été retrouvée que vingt-quatre heures après une chute au-dessus du lac du Serpent. Jamais plus la vallée de la Clarée n'a entendu résonner les notes du piano que Pasco fait pourtant accorder chaque année. « C'est ma façon à moi de respecter sa mémoire, dit-il. On ne sait jamais, si elle venait à revenir, elle n'aurait qu'à chanter. »

La fenêtre de ma chambre regarde vers l'ouest, du côté du lac Laramon et de la crête des Gardioles. Elle s'appelle la chambre des Lacs car se succèdent le Laramon, puis le Serpent, les petits lacs des Gardioles que surplombe la crête, et enfin le lac Blanc de l'autre côté du pic qui porte également son nom.

Les balades vers les lacs sont le must de bien des marcheurs. Sur l'autre rive de la rivière, il y a aussi des lacs : les Cerces, l'Oule, le Cristol. Moi, j'aime beaucoup le Serpent, il est au cœur d'un environnement très minéral. Tout autour, c'est un immense chaos rocheux où l'on a le sentiment qu'un géant capricieux a cassé sa pyramide de cubes.

Je suis montée à chacun des lacs des dizaines de fois. Quand j'étais petite, la question n'était jamais de savoir si l'on allait partir en randonnée mais quel lac je voulais rejoindre. Souvent, j'avais envie d'aller sur la rive gauche de la vallée afin de passer chez Pasco. Je savais que j'aurais une glace au retour de la balade, et puis j'aimais les histoires de Siloé qui me transportaient à La Réunion, évoquant le volcan, la barrière de corail ou les habitants de Mafate.

Penser à cette enfance, insouciante et vivante, remplie de tant de couleurs, me rend triste. Comment ai-je pu à ce point quitter ce petit sentier joyeux ? Avais-je vraiment besoin, juste parce que j'étais bonne élève, d'aller me frotter aux concours des grandes écoles ? Je ne serais pas honnête en disant que ce sont mes parents qui m'ont poussée vers d'autres hauteurs que celles des montagnes. J'ai vraiment cru que je pourrais changer le monde. Et mes parents aussi ! Eux qui auraient voulu avoir une famille nombreuse mais qui ont dû se contenter d'une fille unique se sont rattrapés en m'en donnant pour quatre ! Je ne sais si les « grands hommes » ont tout fait pour ou s'ils sont justement grands car ils n'ont fait que ce qu'ils trouvaient juste, sans calcul. Ce que j'ai pris pour du militantisme n'était-il qu'une volonté de bâtir ma propre légende, mue par l'envie d'être au rendez-vous des espoirs de mes parents ?

Chaque instant de mon enfance a la douceur de leurs caresses, la gaieté de leurs rires, mais me donne aussi l'impression d'avoir grandi dans une encyclopédie vivante ! Lorsque nous allions en montagne, chaque balade était une « leçon de choses », comme on appelait autrefois les sciences naturelles. Papa herborisait. C'est comme cela que l'on dit quand on s'arrête tous les trois mètres, la tête penchée vers le sol, pour reconnaître l'achillée, l'androsace, la gentiane ou la grande astrance. Jusqu'à l'âge de douze ans, je l'écoutais avec passion, complétant mon herbier de toutes les plantes qui me manquaient en écrivant soigneusement côte à côte leur nom français et celui en latin !

Au bord des lacs il y a une herbe avec un pompon blanc. Elle égaye les rives marécageuses avec des fleurs qui ressemblent à du coton. Au moindre souffle d'air, les tiges s'animent et les rayons du soleil font danser les pompons dans une chorégraphie légère où les ballerines semblent ne pas toucher le sol. C'est la seule plante dont papa a accepté de changer l'appellation. Son vrai nom est la « linaigrette de Scheuchzer ». *Eriophorum scheuchzeri* en latin... Mais dans la bouche d'une enfant cela donne la vinaigrette de chaussette... « Une vraie recette de dortoir de refuge », nous avait dit Pasco quand papa lui avait raconté ce que j'avais consciencieusement écrit dans mon herbier.

J'avais l'impression que mon père était un grand savant. Il ne connaissait pas seulement les plantes mais aussi le nom de tous les sommets, et la géologie. C'est la géologie qui me fascinait le plus. Il regardait le paysage, la nature des rochers et était capable de raconter comment s'était formé ce que nous avions devant les yeux, faisant basculer tel étage rocheux pendant que tel autre apparaissait alors que la mer se retirait des Alpes. Je continue de trouver extraordinaire d'imaginer qu'un océan alpin a recouvert toutes les Alpes françaises. Papa ne pouvait s'empêcher de dire, à chaque fois que nous étions en présence d'un très beau rocher basaltique : « Ici, il y a cent millions d'années, il y avait des poissons. »

Mais quand on devient adolescente, les savants tombent de leur piédestal, surtout lorsqu'on est leur fille… J'ai peu à peu abandonné les randonnées familiales pour les courses en montagne avec Thomas, Antoine, Natha et Pierrot, le « Club des cinq », comme l'appelait maman en référence aux héros de la Bibliothèque rose de mon enfance.

Félix ressemble à Maxime. Ces jeunes sont nés avec la planète qu'on leur a laissée. Ils semblent porter peu d'attention au grand monde qui les entoure et se méfient des idéologies. Leur monde est celui qui se trouve à portée de leurs bras. C'est là que s'exprime leur altérité, leur écoute. Peu importe le vacarme du bout du monde auquel ils ne peuvent rien changer mais là où ils sont, leur générosité est sans limites.

Il faut dire que Maxime a été à bonne école avec son père qui a punaisé dans le refuge un petit carton blanc où il est noté : « Va au bout de toi-même avant d'aller au bout du monde, c'est plus difficile mais c'est plus beau ! »

Mon fils à moi a sans doute eu besoin d'aller au bout du monde pour trouver le bout de lui-même. Quant à moi, accrochée à des causes plus grandes que moi, j'ai cru que j'allais pouvoir m'exonérer d'une quête bien plus intime. Me voilà désormais rattrapée par la vie.

En redescendant de ma chambre, je trouve la table du petit déjeuner dressée. Une belle image d'Épinal ! Sur la nappe à carreaux rouges et blancs, trois grands bols savoyards, des tranches de pain plus grandes que des assiettes, un pot de confiture de myrtilles, un autre de miel, et les incontournables Opinel à côté de chaque bol.

— Myrtilles de nos alpages et miel de nos ruches !

— Merveilleux. Merci, Maxime !

— Et chicorée pour la Nanouche !

Pasco remplissait mon bol de cette boisson chaude que ma mère a toujours bue en l'accompagnant d'un éternel « y a pas mieux pour l'estomac ! ». Pasco est un géant, mais un doux géant. Sa barbe fournie lui monte jusqu'en haut des joues et forme, avec sa tignasse ébouriffée, un écrin à des yeux turquoise qui sont comme les éclats d'un diamant dans une mine de charbon.

— Merci, Pasco. Il est fameux ton miel, Maxime.

Maxime est plus grand que son père. Il a les mêmes yeux mais sa barbe est bien taillée et ses cheveux longs sont maintenus en arrière par un bandeau en cuir. Il me regarde de côté, presque intimidé.

— Oui, cette année nous avons eu beaucoup de miel. C'est pas partout pareil avec la disparition des abeilles. Tu sais que c'est ta mère qui m'a appris l'apiculture ?

— Oui, je me souviens, déjà tout petit tu l'accompagnais aux ruches des Pananches dans une combinaison bien trop grande pour toi. Quand elle s'est rendu compte qu'elle avait la maladie d'Alzheimer, elle m'a demandé de l'aider à s'occuper de ses abeilles. Moi, c'est comme ça que j'ai appris. C'était sa passion. Aujourd'hui encore, alors qu'elle ne se souvient plus de rien, quand je l'emmène au rucher, elle retrouve les bons gestes comme s'ils étaient inscrits dans une mémoire cellulaire que n'atteint pas la maladie.

— C'est incroyable !

— Oui. Les médecins ne comprennent pas grand-chose encore à Alzheimer même s'ils mettent sérieusement en cause les résidus de produits chimiques que nous respirons ou que nous ingurgitons dans notre alimentation. Et pourtant rien ne change.

Je pense à maman et à la colère qui m'habite encore depuis l'annonce de sa maladie. J'en ai voulu au monde entier quand le médecin a lâché le mot terrible « alzheimer ». De ces mots qui, comme « parkinson » ou « cancer », trimbalent des valises d'angoisse, de nuits blanches, de destins tragiques et de vies écourtées.

Mais, sans doute parce qu'il était le plus proche de moi, c'est sur Paul que ma colère s'est déversée. Il me fallait un coupable. Paul n'est en réalité qu'un bon soldat d'un système, vivant au rythme de celui-ci, mobilisé d'abord pour qu'il perdure.

— Maman serait fière de toi, Maxime.

— Tu sais, Ana. Pour les abeilles aussi on a du mal à dire pourquoi elles disparaissent mais moi, je suis certain que c'est lié aux pesticides. Ici, elles sont toujours là car il n'y a pas d'agriculture, donc elles sont tranquilles. Il paraît aussi que les abeilles, quand elles sont dans un environnement défavorable à leur survie, ne se reproduisent plus pour ne pas mettre en danger leur descendance. Elles ont ce sens des responsabilités que nous devrions peut-être avoir.

Ma main droite se met à trembler suffisamment fort pour renverser mon bol.

Pasco se lève et vient vers moi.

— Ça ne va pas, Ana ?

— Si... Ça va passer. Mais Maxime a raison. Aujourd'hui il n'y a plus aucun doute sur l'impact des produits chimiques utilisés dans l'agriculture !

Je dis cela comme le début d'un aveu. Et je vois bien, aux expressions des visages du père et de son fils, qu'il est temps que je leur raconte pourquoi j'ai débarqué ainsi, sans prévenir, épuisée.

3

Laisser revenir la lumière

Le soleil inonde maintenant la grande salle du refuge. Je regarde par la fenêtre pour me soustraire au regard de Pasco et prendre mon élan. Je n'ai pas envie de raconter toute mon histoire mais j'ai besoin qu'ils sachent...

À peine je commence à parler de Paul, Pasco m'interrompt :

— Je ne comprends pas. Ce n'était pas fini avec Paul ?

— Tu sais, Pasco, même quand on est divorcé, ça n'est jamais vraiment fini lorsque l'on a un enfant en commun. Par ailleurs le problème n'a rien à voir avec Félix mais avec moi. J'ai fait une connerie. Une grosse connerie ! Paul n'y est pas pour rien, mais c'est bien moi la responsable.

Je déroule péniblement le fil de mon histoire et, en sortant le rapport des odonates de la poche de ma veste, ma gorge se noue, et je n'arrive plus à parler. J'éclate en sanglots.

— Nanouche. Calme-toi. C'est pas grave. Ça va aller.

41

Ce « c'est pas grave » que me dit Pasco tisse les compromis quotidiens que nous pouvons faire individuellement ou collectivement. Cela produit une société qui voit les oiseaux, les éléphants, les insectes, la barrière de corail disparaître dans un « c'est pas grave » qui s'exonère de remettre en cause nos modes de vie.

Ce sont aussi ces petits « c'est pas grave » accumulés qui n'ont cessé de creuser le fossé entre Paul et moi. Un jour la distance semble si importante que le gap devient infranchissable, que les deux mains ne se rejoignent plus et que la rupture devient la réponse inéluctable là où tant de dialogues ont manqué. Nos évitements nous rattrapent toujours.

Je suis mon plus grand prédateur comme l'humain l'est au niveau de la planète. Je suis celle qui a laissé s'abîmer ce qui était précieux car je le croyais acquis, tout comme l'humain a cru que les ressources naturelles pouvaient être infinies dans un monde fini. C'est finalement avec ma fragilité que je renoue, fragile comme une libellule.

Si. C'est grave.

Les sanglots ont disparu mais de longues larmes coulent le long de mes joues et finissent leur course à la commissure de mes lèvres. Je vois bien que ces larmes ne sont pas seulement liées à ce résultat d'analyse. Mais que ce bout de papier est le symbole du reste. Un fils au bout du monde qui me manque, son père devenu un ennemi, et moi bonne élève au cœur d'un système dont pourtant je dénonce le modèle. Tout cela m'oblige à m'arrêter pour savoir vers où je veux désormais aller. Quelle vie je veux avoir pour contribuer à l'écriture de quel récit. Renouer avec mes racines, ici, dans la montagne, est un geste radical. C'est remettre mes pieds nus au contact de la terre où j'ai grandi. Laisser revenir la lumière, éclairer le juste chemin. Juste un chemin, pourrais-je aussi dire. Je ne cherche plus à déployer la grand-voile pour traverser les mers mais simplement à ressentir une légère bise qui me pousserait dans le dos.

— Tiens. Un vrai mouchoir de Cholet. Pas un de ces maudits Kleenex que l'on retrouve plein la montagne ! Dis-moi, Maxime, tu ne devais pas aller chercher le pain à Névache ?

— Si, j'y vais.

— Au lieu d'y aller en motoneige, ce qui serait sympa, c'est que tu descendes en raquettes avec Ana. Ça lui fera du bien. Passez donc boire un verre au Chevalier Barbu. OK, Ana ?

— Vous êtes gentils.

— Non, on est là. Toujours là.

En mettant le nez dehors, je retrouve cette lumière si singulière.

En altitude, l'air est toujours très pur. Mais ici, c'est encore autre chose. Il n'y a pas d'industrie, et le bleu du ciel est à nul autre pareil.

En hiver, tout n'est que bleu et blanc. Chacune des deux couleurs est dans sa teinte la plus éclatante, lumineuse et brillante. Jamais un marchand de peinture ne fabriquera un bleu

« Hautes-Alpes » ou un blanc « neige de la Clarée ».

On associe le bleu à l'espérance, le blanc à la paix et le rouge au sang. Drôle de cohabitation sur notre drapeau national. Fallait-il rappeler qu'il n'y a pas d'espérance sans combat et que la paix est souvent précédée par la violence ? J'ai peur des drapeaux trop fortement brandis. Je ne crois pas aux identités nationales protégées par de hauts murs. L'espoir est toujours associé aux murs qui s'écroulent, jamais à ceux que l'on érige.

Pour le montagnard aussi le bleu est un signe d'espérance. Quand le ciel se voile il compromet l'atteinte du sommet, il remet en cause le projet même de partir vers là-haut. Tandis qu'un ciel bleu est une première assurance ; pas une garantie totale mais une condition positive de réussite.

Sur la neige, chaque cristal brille.

On s'imagine le plus souvent que les cristaux sont en forme d'étoile. En réalité ils se partagent en sept catégories. C'est un chercheur japonais, Nakaya, qui a établi la classification qui porte son nom. En fonction de la température et de l'humidité, les cristaux sont en forme de plaquettes, d'étoiles, de colonnes, d'aiguilles, de dendrites, de boutons de manchette ou irréguliers. Entre leur formation, leur chute et leur fonte, les cristaux ne cessent de changer de forme. C'est ainsi que se transforme aussi le manteau neigeux et qu'une belle neige poudreuse peut devenir un piège meurtrier. C'est papa qui m'a appris tout ça. Quand nous partions en randonnée en hiver, il disposait d'une petite plaque dans sa poche où étaient dessinés les différents types de cristaux. Un emplacement était prévu pour poser un prélèvement de neige. Papa me tendait alors une loupe et je devais déterminer à quel type de cristal nous avions affaire. Les pisteurs disposent encore de ces outils pour analyser l'état du manteau neigeux et déterminer si une piste de ski est praticable ou s'il faut en interdire l'accès.

Il doit encore y avoir aux Pananches, quelque part dans l'armoire de ma chambre, le petit carnet blanc – comme neige – où j'avais dessiné chacune des formes, et consigné toutes mes observations hivernales.

À chaque cristal de Nakaya on doit pouvoir associer un état d'âme humain, de la joie à la tristesse en passant par la colère, le calme, la nostalgie, le désespoir...

Je suis un cristal de désespoir, celui qui n'adhère plus à rien et peut glisser à tout moment car rien ne le retient. Plus rien ne m'étreint, et je n'étreins plus rien.

Étreindre est pourtant indispensable à ma vie. Étreindre peut parfois faire mal, quand je me frotte à la falaise, aux embruns à l'avant d'un voilier, ou à la vie qui me chahute et me bouscule, mais tant qu'il y a une étreinte, il y a quelque chose de physique qui me pousse à agir, qui invite à la lutte, qui me donne envie d'aimer aussi.

Étreindre, c'est serrer fort ce à quoi je suis attachée. Prendre de tout son corps comme on enlace celui que l'on aime sur un quai de gare. Le temps de l'étreinte est un temps d'union choisi. En perdant l'envie d'étreindre je ne ressens plus qu'un grand vide ; il n'y a plus rien que j'ai envie de prendre, ni de donner.

— On y va, Nanouche ?
— C'est parti !

Maxime porte sur son dos un grand sac vide pour le pain et m'attend. Je l'ai déjà vu descendre ce chemin en quelques enjambées, à croire que ce n'étaient pas des raquettes qu'il avait aux pieds mais des bottes de sept lieues ! Arrivés au dernier virage, il me propose de prendre à gauche, directement face à la pente.

Je m'élance de bon cœur ! La neige est poudreuse et c'est un vrai bonheur ! Je vais droit dans la descente, le corps en avant, et j'enroule les pas sans avoir de crainte. En réalité, il vaut mieux savoir ce qu'il y a sous la neige. Pour peu qu'il s'y trouve quelque racine de mélèze ou de jeunes pousses de sapin, et la raquette s'accroche, retient le pied en arrière avec le risque d'une entorse de la cheville, ou du genou...

Je ne voudrais pour rien au monde décapiter un jeune arbre qui dresse fièrement sa houppe sous la neige en attendant qu'elle fonde pour regarder vers le ciel. La neige recouvre tout. Les trous comme les aspérités, les rochers comme les jeunes plants de mélèze. Le temps du blanc, tout semble uni. Il manque à l'humain une saison où disparaîtraient ses ecchymoses et ses cicatrices. Un moment où nous serions enveloppés dans une unité blanche et reposante. Un moment qui ressemblerait aux soirs de mon enfance, quand mon père posait un baiser sur mon front en éteignant la lumière. Ce simple geste m'enveloppait de tendresse pour des nuits qui n'étaient jamais sombres.

— Tu as vu ces traces, Maxime ?

— Bien sûr. N'oublie pas que je suis aspirant guide !

— Écoute, côté odonates et entomo..., t'as encore du chemin à faire !

— C'est ça, moque-toi de moi. Ici, nous on appelle les insectes des insectes et les libellules des libellules. Ce qui est certain en tout cas, c'est qu'on en voit bien plus que tes amis du Muséum dans leurs bureaux parisiens ! C'est parce qu'ils sont jaloux et se sentent très supérieurs qu'ils inventent des noms savants pour parler entre eux ! Et, si tu veux tout savoir, ces petites traces dans la neige, ce sont celles d'une martre. Animal de la famille des mustélidés, cousin de la fouine avec laquelle il n'y a aucun risque de confusion, la martre étant brune quand la fouine est noire, la martre vivant dans les forêts quand sa cousine aime la proximité des habitations dans la campagne...

— Waouh ! C'est à Chamonix qu'on apprend tout ça ?

— Non, ça, c'est Pasco !

— Ah, alors on a eu les mêmes super-papas !

— Oui, je crois. C'est vrai que ton père est parti car il n'a pas supporté que ta mère ne le reconnaisse plus ?

— Oui. J'ai mis du temps à l'admettre. Je l'ai considéré comme un déserteur. Aujourd'hui j'essaye de le comprendre ; se retrouver après cinquante ans de vie commune à être perçu comme un étranger par la femme que l'on a aimée toute sa vie, ça doit être très dur. Ce qui me fait mal aussi, c'est que la maison des Pananches est maintenant fermée. Y aller me coûte car chaque objet, chaque lumière qui entre par les persiennes réveille en moi tant de joies passées qui mettent en évidence à quel point je me sens désormais seule face à ma vie.

Je pense à mon père. À l'heure où je parle je ne sais pas s'il est au Congo ou au Mali. J'ai toujours peur que l'on m'apprenne qu'il a pris une balle perdue ou qu'il était attablé à la terrasse d'un café au moment où un homme s'est fait sauter.

Lorsque l'on descend dans la vallée, Névache ne se découvre qu'après qu'on a dépassé la chapelle Notre-Dame-de-Bon-Secours. J'entends les cloches de l'église avant d'apercevoir le clocher. Ma mère me racontait que, lorsqu'elle était enfant, il existait une véritable rhétorique des cloches. Un langage qui annonçait la joie comme la tristesse. On pouvait ainsi signaler si celui qui venait de quitter ce monde était un homme ou une femme, un jeune ou un ancien.

À Névache le silence ne s'est pas alourdi comme dans de nombreuses campagnes françaises où l'on n'entend plus de clocher, ni le moteur des tracteurs et des moissonneuses, ni celui des tronçonneuses dans les bois et des scieries qui découpent les planches. Les basses-cours sont silencieuses, il n'y a plus de vaches qui rentrent à l'étable ni de troupeaux dans les prés.

— J'ai du mal à imaginer la vallée silencieuse. Ça doit être triste une campagne sans clochers, sans troupeaux, sans tracteurs... Tu crois que Névache deviendra un jour comme cela ?

— Tout est question de choix politiques ! De longues années de politique agricole commune ont favorisé une agriculture intensive au détriment de ceux qui travaillent des lopins de terre. Avec l'urbanisation, les gens des villes ont perdu le contact avec le monde rural. Moi aussi j'ai été attirée par la ville où j'ai eu le sentiment d'avoir le monde à portée de main plus facilement que dans ma montagne.

— Je vois bien ce que tu veux dire. Ils sont nombreux, mes copains de cours qui rêvent de quitter la vallée pour rejoindre la ville. Il faut dire que le travail de paysan ne rapporte pas grand-chose et que, lorsque l'on entend parler des RTT des vacanciers, ça nous fait un peu rêver.

— C'est pour cela que je te dis que c'est une affaire de vision politique. Il faut valoriser tout autant le jeune agriculteur que le jeune informaticien qui crée sa start-up !

— Il faut aussi que les gens des villes retrouvent le chemin des champs !

— Oui. Sans doute ne s'est-on pas rendu compte que le lien direct avec les paysans est le chaînon indispensable pour rester reliés à la terre. Combien d'enfants n'ont plus d'oncle ou de grands-parents à la ferme pour savoir que les carottes ne poussent pas dans les arbres et que les pommes se ramassent en automne.

— Tu es bien pessimiste, Ana !

— Excuse-moi, Maxime. J'espère que cela passera. Mais c'est un peu pour cela que je suis revenue ici. Retrouver du désir, de l'envie, retrouver le goût du monde, le goût des autres... Mais tu as raison, il y a plein de belles initiatives au cœur même des grandes villes où certains créent des associations qui assurent une relation directe entre les consommateurs et les producteurs. Quand le regard de celui qui croque une tomate dans son assiette croise celui de l'homme qui l'a fait pousser, la tomate n'a plus le même goût !

Névache se décompose entre la ville haute et la ville basse. Les deux sont à la même altitude mais sont distantes d'une centaine de mètres, ce qui justifie que, venant de Briançon, on parvienne à la ville « basse » avant de rejoindre la « haute ».

La boulangerie, la mairie et l'église sont ville haute alors que la poste est ville basse.

Le Chevalier Barbu est ville haute ! C'est le QG des randonneurs, des guides, des vieux et des jeunes. Il faut dire qu'en hiver il n'y a pas d'autre endroit ouvert où boire un verre.

Giorgio fait partie des personnalités de Névache. Toutes les informations, des plus importantes aux plus anecdotiques, passent par le Chevalier Barbu.

Giorgio est d'origine italienne, comme bon nombre de Névachais, mais lui est issu de la noblesse du Piémont, qui plus est protestant de souche vaudoise ! Il cultive depuis toujours son accent qui concourt à l'ambiance exotique de sa brasserie.

« La plus haute brasserie du monde ! » proclame-t-il. Je ne suis pas certaine qu'il ait vraiment vérifié mais, ce qui est véridique, c'est qu'il produit une gamme de bières, de la blanche à la brune, qui sont originales et qui appartiennent désormais au patrimoine gastronomique local au même titre que les croquants ou les tartes aux myrtilles d'Antoine le boulanger, ou les oreilles d'âne de l'Auberge du Clot. Chaque bière a un nom original. Ma préférée c'est La Folle, une bière brassée avec de l'ortie à la couleur blonde très claire, douce et amère à la fois. Giorgio revendique des recettes traditionnelles uniques et s'applique à créer liqueurs, élixirs et sirops aux plantes des alpages qui donnent le sentiment aux touristes d'emporter un morceau de prairie sauvage avec eux.

— Ça alors ! Je l'ai dit à M. l'maire quand il est venu prendre son café. Il m'a répondu que j'avais trop bu de génépi en me brossant les dents mais je ne m'étais pas trompé ! C'est bien toi qui es descendue du taxi ce matin ! La Nanouche.

J'embrasse Giorgio, qui gratte autant qu'il sent le chocolat chaud.

— Tu veux un bon chocolat liégeois comme avant ?

— Pour sûr que je veux ! Maxime, toi aussi ?

— Non, moi je veux bien un citron chaud.

— Tu sais, y a pas d'alcool dans le chocolat, Maxime ! Nanouche, sais-tu que ce jeune gars qui fait craquer toutes les filles du sud des Alpes n'a jamais bu une de mes bières ? Monsieur ne boit pas d'alcool !

— C'est sans doute pour ça qu'il fait craquer les filles !

J'accompagne mes mots d'une bise sonore sur la joue du chevalier mal rasé.

— Tu sais à quoi je t'ai reconnue ce matin ? Il n'y en a qu'une pour mettre ainsi sa main à la fontaine à cette heure alors qu'il faut encore casser la glace dans les bassins. Petite, ton papa te portait car tu ne pouvais atteindre l'eau qui coulait. Tu te mettais à genoux sur le rebord, tendais ta main et buvais à petites lapées, comme un jeune chien.

— Oui, je me souviens. Y a tellement de chantilly sur le chocolat que l'on ne voit plus la tasse !

— Profite, petite ! Moi j'ai plus droit à la chantilly.

Le chocolat est noir, crémeux et épais. Giorgio fait fondre directement des carrés de chocolat dans une casserole avant de rajouter le lait. Un tout petit peu de lait ! La cuillère peut presque tenir debout toute seule dans la tasse ! Il paraît que le chocolat est un antidépresseur. Celui de Giorgio doit être formellement interdit en cas de contrôle antidopage !

Je mange mon chocolat chaud plus que je ne le bois. Lentement, je prends la chantilly du bout de ma petite cuillère et la pose à l'envers sur ma langue, comme une sucette. Un geste d'enfant. Maman ne ratait pas une occasion de me dire que l'on ne tenait pas une cuillère ainsi mais maman n'est pas là... Il y en a tant, des mots et des gestes de mes parents qui sont restés dans l'enfance et qui me manquent aujourd'hui. En est-il ainsi de tout homme voué à grandir, se détacher, prouver qu'il tient debout tout seul, mais qui, au midi de sa vie, a une furieuse envie de faire demi-tour ? J'espère que Félix, quand il allume un feu le soir au bord d'une rivière canadienne sous un ciel couvert d'étoiles, sent encore la main que je passais dans ses cheveux.

Un groupe de randonneurs vient de s'attabler au Chevalier Barbu. Trois jeunes couples. L'ambiance est joyeuse. Les filles sont jolies, un bandeau recouvrant leurs oreilles pour les

53

protéger du froid. Les garçons ont un air de famille qui est renforcé par un équipement assez similaire. Je comprends à leur récit qu'ils viennent d'achever une descente à skis de rando.

— Tu vois, Maxime, il y a des choses que l'on désespère de voir changer et d'autres qui nous désespéreraient si elles changeaient. Ici, rien n'a bougé, pas seulement depuis dix ans, mais depuis toujours. Et c'est bon. Bon comme ce chocolat au goût de ma petite enfance.

— Oui, enfin tu dis ça parce que tu es un peu perdue. Moi j'adorerais si Giorgio se branchait sur Radio Meuh plutôt que de nous faire écouter toujours les mêmes opéras italiens.

— C'est quoi Radio Meuh ?

— C'est sur le Net, une super radio qui est basée à La Clusaz. La musique est top ! Tu verras, c'est la radio sur laquelle on est branchés au refuge.

— Super, j'écouterai.

— On va acheter le pain ?

— Oui. Mais avant, dis-moi comment ça va sans Siloé ?

— Ça va bien. Maman est morte il y a si longtemps que j'ai appris à vivre avec cette absence. Mais il y a deux ans, quand nous avons voulu transformer en chambre le bureau de maman, j'ai rangé toutes ses affaires. C'était aussi son atelier. Depuis sa mort, cette pièce était devenue un sanctuaire. Rien n'avait été touché pendant plus de dix ans. C'est alors que je suis tombé sur des carnets. De simples petits carnets où maman consignait des citations glanées dans des livres ou à la radio. Il y avait aussi des références à des bouquins qu'elle voulait acheter, et ses pensées intimes. Certaines prenaient la forme de poèmes, d'autres étaient jetées comme des cris, rédigées parfois avec une rage que l'on sentait dans le sillon du papier. Je me suis plongé dans la lecture de ces carnets, sans que papa le sache. J'ai découvert alors que maman avait parfois regretté d'avoir quitté son île. Qu'elle n'était pas toujours heureuse. Aucun reproche n'était fait à mon père car elle écrivait qu'elle était seule responsable d'avoir abandonné son paradis. J'ai pu aussi découvrir des mots qui disaient combien elle m'aimait. Cela m'a fait du bien. Peut-être de là-haut elle me suit de l'œil, avec la bienveillance d'un ange.

Je revoyais Siloé me parler toujours avec beaucoup d'émotion de La Réunion, citant Saint-John Perse en me disant que son île était comme un amant dont on ne peut se passer.

— Mais tu n'en as jamais parlé à ton père ?

— J'y ai bien pensé. Mais à quoi cela aurait-il servi ? Les écrits d'un mort prennent un caractère sacré, comme s'ils étaient la seule vérité. Or je sais aussi que sa tristesse n'était que passagère. Un jour, je suis parti brûler les carnets à Lascaux. Je ne voulais pas qu'ils tombent sous les yeux de papa.

— C'est quoi, Lascaux ?

— Une grotte ; c'est comme cela qu'on l'appelle. C'est un endroit que papa nous a fait découvrir un jour d'orage. Quand nous y sommes entrés pour nous abriter, il y avait des dessins plein les parois. Papa nous avait montré ceux qu'il avait faits lui-même. Il dessine très bien les animaux. Maman m'avait alors tendu une pierre saillante et elle-même avait choisi un gros bloc de basalte pour dessiner. Papa avait allumé un feu et, quand l'orage s'est éloigné, nous sommes repartis. Mais avant cela, maman était venue voir les deux visages grossiers que j'avais dessinés en écrivant en dessous « papa » et « maman ». Un peu comme la tête à Toto. Maman m'avait aussi montré son dessin. J'avais tout de suite reconnu la silhouette du piton de la Fournaise, le volcan de La Réunion. Sur les flancs du volcan, plein de plantes, dont l'une était très reconnaissable : une belle fougère arbustive. Ce jour-là, papa m'avait parlé de Lascaux, la vraie. Et lorsque nous sommes rentrés à la maison il m'a montré un livre avec les gravures rupestres de la grotte du Périgord. C'est ainsi que nous avons baptisé notre grotte.

Je prends mon jeune cousin dans mes bras.

— On va le chercher, ce pain ?

— Oui, je t'y retrouve si tu veux bien. Je passe au bureau des guides avant.

— OK.

Il n'y a pas que le Chevalier Barbu qui est resté dans son jus. Tout Névache est une carte postale ancienne aux couleurs un peu passées. La rue de la Commanderie mène à un embranchement d'où partent deux rues étroites. L'une vers le pont de l'Outre qui permet de traverser la Clarée, l'autre vers l'auberge du Creux des Souches et les dernières maisons. Plusieurs cadrans solaires ornent les façades des maisons. Orientés vers la Grande Ourse, les stylets se dressent vers le ciel et leur ombre portée nous donne l'heure. Pas « l'heure d'hiver » ou « l'heure d'été », heure qui change deux fois par an, mais une heure naturelle. Celle d'un temps que ne rythment que le jour et la nuit.

En plein cœur du village se trouve le cimetière avec ses croix simples et ses vieilles plaques en émail aux côtés desquelles se dressent des beaux chardons bleus ou autres fleurs sauvages. Il entoure l'église sur trois côtés. Dans la plupart des villages, les cimetières sont à l'écart. Ainsi les vivants ne risquent pas de réveiller les morts, et réciproquement. J'aime pourtant l'idée que les morts soient au milieu des vivants. N'est-ce pas ce qui se produit en nous quand un être aimé s'en va de l'autre côté de l'horizon ? Il reste en nous, parfois même avec plus de présence que lorsqu'il était de ce côté du monde.

En montagne, la mort fait bien plus partie de la vie qu'en ville. Elle est dans l'esprit de chacun quand il s'engage sur une crête effilée ou qu'il entame une descente dans une neige immaculée. Elle n'est pas obsédante mais elle est du paysage. Au printemps, quand la neige fond, elle découvre les cadavres, parfois intacts, des animaux qui n'ont pas résisté à l'hiver. Il est même des emplacements où le chamois âgé se déplace pour y déposer son dernier souffle, comme les cimetières d'éléphants en Afrique. Lors d'une escalade, il m'est arrivé d'atteindre une large vire où trois cadavres de l'hiver gisaient.

L'homme des villes ne voit pas la mort. En montagne, c'est un sujet qui est discuté, parfois même de façon polémique. Thomas disait souvent que celui qui ne risque pas sa vie ne la vit pas vraiment. Quand il s'élançait en solo, sans assurance, à l'assaut des Cerces, je voyais bien qu'il avait un besoin d'adrénaline bien supérieur aux autres. Je n'ai pourtant pas le sentiment que les alpinistes, connus ou inconnus, vivent plus que d'autres parce qu'ils côtoient le risque au quotidien. L'ermite de l'Assekrem en plein cœur du Hoggar algérien, le chercheur penché sur ses éprouvettes, ou l'écolière kenyane qui marche matin et soir dans la savane durant une heure sur le trajet de son école sont des êtres tout aussi vivants.

Trop nombreux sont ceux qui se frottent aux limites simplement parce qu'ils ont un seuil d'insensibilité qui leur donne le sentiment d'éprouver quelque chose uniquement au contact de l'extrême. Alors que Pasco rentrait d'une expédition au sommet de l'Ama Dablam, au Népal, je me souviens des mots de Siloé : « J'en ai marre de ces hommes qui te parlent de leurs doigts de pied gelés comme des trophées d'une bataille. »

L'église du village est dédiée à saint Marcellin et à saint Antoine. On dit qu'elle a été construite à la fin du xve siècle en lieu et place d'un château fort dont l'une des tours a été transformée en clocher. Elle a été bâtie avec du marbre rouge venant du Grand Aréa, au-dessus du col de Buffère. Mon géologue de père ne manquait pas de faire la visite de l'église en interpellant ses visiteurs : « Vous imaginez le travail ; on est au xve siècle, les machines n'existent pas, et les hommes ont taillé le rocher mille mètres au-dessus d'ici, tout simplement pour avoir un lieu de prière ! Comme s'il n'y avait pas assez de pointes dressées vers le ciel et que la plus belle cathédrale n'était pas celle de la montagne ! »

Papa est très anticlérical. J'ai assisté à de mémorables échanges entre Giorgio, le protestant de la noblesse piémontaise, et mon père, qui revendique un rapport à l'ordre établi assez relatif mais qui ne comprend pas que l'on puisse être croyant ! Combien de fois ai-je entendu papa prononcer les mots de Boris Vian, « la foi soulève des montagnes mais les laisse joyeusement retomber sur la tête de ceux qui ne l'ont pas » ?

Je pousse la belle porte en bois sculptée de l'église, ornée des deux blasons de la France et du Dauphiné, avec l'intention d'allumer un cierge pour Siloé. Les odeurs de la cire et de l'encens se mélangent et je me rappelle les messes de Noël où nous allions avec maman, mais aussi les processions de Pâques ou de la Saint-Marcellin qui traversaient le village avant de relier toutes les chapelles entre elles pour rejoindre Sainte-Marie-de-Fontcouverte, en haute vallée. C'étaient de belles journées de fête, où chacun sortait ses plus beaux habits et se retrouvait pour un grand pique-nique précédé d'un chant à la Vierge Marie. Papa ne nous rejoignait que pour le pique-nique...

Je ne sais pas trop où j'en suis du côté chrétien mais ce que je sais, c'est que la spiritualité a encore une vraie place dans ma vie. Sans doute la montagne aide-t-elle à cela. Se sentir tout petit mais aussi appelé à aller toujours plus haut, plus loin, au-delà du ciel. Je me sens pèlerin, de passage dans un monde où l'inconnu est plus important que le connu, où l'inexploré spirituel m'appelle à l'aventure autant que les sommets du Pakistan ou les extrémités de l'Arctique. Je me sens aussi intimement reliée au règne du vivant, cousine du chamois, de la gentiane bleue, comme de l'eau vive où la truite nage à contre-courant, captant dans ses écailles les reflets des rayons du soleil. Je suis unie avec tout cela et, quand l'un ou l'autre est agressé, je ressens la blessure dans mon propre corps.

L'*Ave verum corpus* de Mozart accompagne mes pas dans l'église. À droite, au pied d'une Vierge au regard tendre, des hommes et des femmes m'ont précédée. Tous ces cierges allumés sont l'expression anonyme d'une humanité où se mélangent la souffrance et l'espoir, le doute et la foi. Je comprends si bien aujourd'hui cette attitude. Quelle que soit l'intention de prière déposée avec un cierge dans le fond d'une église, il y a dans ce geste, durant le temps où il est accompli, un homme ou une femme qui reconnaît sa faiblesse et s'en remet à quelque chose qui le dépasse et que certains nomment Dieu. J'ai tellement envie de m'abandonner dans les mains d'un Autre. N'est-ce pas l'invitation de ce Christ aux bras ouverts ? Un abandon est-il une démission ? En m'abandonnant, suis-je en train d'abdiquer ou au contraire en train de tout lâcher, de briser mon écorce pour atteindre le noyau ? Je vois bien qu'il y a des renoncements qui sont des libérations. Couper un à un les faux liens mais prendre garde à ne pas couper celui qui relie à l'essentiel.

En sortant de l'église je pense à ce mot, « essentiel »... Je changerais bien son orthographe pour l'écrire « essenciel », inventant alors une nouvelle étymologie signifiant que l'essenciel, c'est ce qui est à la naissance de l'élan vital mais qui toujours regarde vers en haut et tient ainsi mon âme à la verticale.

Je suis ici pour retrouver cette verticalité.

L'entrée dans la boulangerie s'accompagne toujours de cette clochette qui tintinnabule pour avertir Antoine, qui est souvent dans le fournil, à l'arrière, enfournant ses pains ou travaillant la pâte. Il y a moins d'un siècle, le pain était cuit dans les fours collectifs des différents hameaux. Cette ancienne tradition donne parfois lieu à des fêtes. Chacun prépare alors ses miches de pain et les fours sont alimentés en bois durant dix heures avant qu'elles y soient déposées pour la cuisson. Le seigle était la céréale qui était cultivée dans la vallée. Il donnait un pain noir qui se gardait bien plus que le pain blanc. À l'arrivée de l'hiver on ne mangeait plus que le pain noir. De plus en plus dur, il arrivait un moment où il n'était comestible que trempé dans la soupe. Aujourd'hui les boulangers redécouvrent les céréales d'antan, bien plus digestes que les blés modernes. C'est le grand retour du kamut, de l'épeautre, de l'orge et de l'avoine.

— Alors, c'est donc vrai ? Tu es revenue ?

— Je vois que les nouvelles vont vite !

— C'est pour cela que l'on ne s'équipe pas en wifi. Ici ça marche tout seul ! Suis content de te voir, Ana !

— Moi aussi, Antoine !

— Mais tu as mauvaise mine.

— Ah… tu ne vas pas t'y mettre toi aussi. C'est tellement facile d'avoir bonne mine quand on vit ici, que l'on boit l'eau de la montagne et que l'on mange ton pain bio !

— Tu ne crois pas si bien dire. Avec mon pain complet aux sept céréales, j'ai gagné le grand prix des boulangers au Concours général de Marseille.

— Impressionnant ! C'est comme *Top Chef* mais pour les boulangers ?

— Moque-toi…

— En tout cas on voit que ça fait longtemps que tu n'es pas montée à Tête noire. Tu manques un peu d'exercice.

— Je te prends quand tu veux pour la tournée des dix !

La « tournée des dix » est une course que nous faisions chaque année, juste avec notre bande. Il s'agissait de relier dix lacs répartis entre la rive droite et la rive gauche en moins de temps possible. Aucun itinéraire n'était imposé, aucun équipement non plus. Pour prouver que nous étions passés à chacun des lacs, nous devions nous photographier devant avec le journal à la date du jour en guise de dossard. La seule fois où j'ai gagné, c'est quand j'ai traversé la vallée en parapente d'une rive à l'autre ! À la course, Antoine était le plus fort. Mais celui qui gagnait souvent, c'était Thomas car il passait en VTT dans des endroits où personne ne se serait jamais aventuré. Jusqu'au jour où il a fait un soleil, terminé sa chute contre le tronc d'un mélèze et perdu connaissance. Le soir, alors que nous étions tous de retour au Chevalier Barbu, il a fallu que l'on déclenche les secours pour le retrouver en pleine nuit grâce à son émetteur GPS.

Le pépin de Thomas est devenu une pastèque qui l'a rendu méconnaissable pendant trois semaines. Encore aujourd'hui il garde une belle cicatrice au milieu du front qui lui donne un peu l'air d'une gueule cassée de la Grande Guerre.

— Tu sais qu'il ne manque que Natha et on pourrait refaire la course !

— Ah bon, Pierrot est là ?

— Oui, il est le nouvel instit de Val-des-Prés.

— Je ne savais pas. Il ne me l'a pas dit.

— Ça t'étonne ?

— Pas vraiment. Et Natha ? Tu as des nouvelles ?

— Parfois, quand elle veut.

— Et tu l'attends toujours ?

— J'ai appris à vivre ainsi. Natha est comme un oiseau dont les couleurs des ailes deviennent ternes quand on l'enferme. C'est toujours la femme que j'aime. Mais j'ai compris qu'aimer n'est pas mettre des chaînes, même en or, à celle que l'on choisit. La laisser libre est la meilleure manière de vivre notre histoire. Je fais mon pain et elle accroche ses doigts à toutes les parois du monde. Cela fait quinze ans que c'est comme ça.

— Mais tu n'aurais pas voulu un enfant ?

— Non. Elle non plus. Un enfant est une folie bien plus grande que de marcher dans le vide sur une ligne tendue entre deux sommets !

— Et elle est où là ?

— Au Pakistan. Elle enseigne l'escalade à la première promotion de guides féminines du pays. Elle devrait rentrer avant l'été.

La clochette s'est mise à sonner et a interrompu notre conversation.

— Salut, Maxime !

— Salut, Antoine. Je voudrais dix pains aux céréales et vingt tartes aux myrtilles s'il te plaît.

— Et un croquant ?

— Ben oui, pour le chemin du retour !

— Alors voici deux croquants, un pour toi et un pour Ana.

— Merci. Il ne faut pas qu'on traîne car j'ai une cliente à qui j'ai donné rendez-vous chez Pasco pour préparer une course à l'aiguille Noire.

— Alors filez. Ana, tu loges là-haut ?

— Oui.

— Tu restes longtemps ?

— Un peu, oui...

— Alors je passerai un de ces soirs.

En quittant la boulangerie, j'ai envie de croire que tout peut renaître comme avant. Mais je me rends aussi compte que l'on ne refait pas l'histoire et qu'il faut que je me méfie pour ne pas me faire happer par une nostalgie stérile. Hier restera toujours hier. Espérer l'espérance décrit bien mon état. Qu'elle revienne dans ma vie. Une espérance à conjuguer au présent. Qui n'attendrait plus les grands soirs, ne se nourrirait pas d'utopies ou de printemps révolutionnaires. Avoir simplement l'étincelle pour éclairer la journée qui vient, juste celle-là, en oubliant le jour d'après qui deviendra bien assez tôt un autre présent à éclairer...

4

Mes traces dans la neige

La cliente de Maxime nous a rejoints pour déjeuner. Kate, une Anglaise qui n'en est pas à sa première course en montagne. Habituellement les Britanniques ne jurent que par Chamonix. Ils ont le sentiment d'entrer dans l'histoire de l'alpinisme en posant leurs mains là où les plus grands noms de la montagne se sont agrippés avant eux. Certains rochers sont tellement fréquentés que la pierre s'est lustrée au passage répété des alpinistes à la même prise, au même appui. Si le mont Blanc n'était pas le sommet de l'Europe, il ne serait pas l'objet d'une si grande attraction. Il n'est pas rare de compter le même jour plus de trois cents personnes à gravir les quatre mille huit cent dix mètres du mythe. Je me demande ce qu'il en est réellement de l'expérience vécue dans de telles conditions. Nombreux sont ceux qui voudraient limiter la fréquentation du mont Blanc. Il y en a qui considèrent qu'il faut accepter de sacrifier des lieux afin de permettre aux autres de rester des sanctuaires sauvages. C'est aussi cette logique qui prévaut quand on balise avec beaucoup de rigueur les sentiers de marques rouges, blanches ou jaunes et de petits panneaux qui guident le randonneur en lui précisant la durée et la distance de sa balade. En montagne comme en ville, on canalise, on oriente, on crée des passages protégés, balisés, il existe même des pistes de ski que l'on éclaire la nuit, comme sur la place de la Concorde !

Pourtant, une vie, une vie de femme comme d'homme, c'est une succession de choix qui sont bien plus complexes et qui supposent de savoir lire une carte mentale, sensible et affective, où il n'existe aucun sentier balisé mais des courbes de niveau où se cachent des sources précieuses comme d'abruptes falaises.

Celui qui ne pose ses pas que sur des chemins déterminés par d'autres restreint le potentiel qui lui est donné à sa naissance. Ces débats sont d'abord philosophiques avant d'être techniques.

Je dois reconnaître à Paul d'avoir toujours partagé avec moi cette même posture concernant Félix. À tout âge nous avons cherché à lui donner le plus d'autonomie possible tout en restant vigilants à sa sécurité affective et matérielle.

« Vos enfants ne sont pas vos enfants mais ils sont les fruits de l'appel de la vie à elle-même » sont les mots de Khalil Gibran que j'ai voulu lire à son baptême. Un baptême en altitude, à la source de la Clarée, dans le lac qui porte son nom, à plus de deux mille quatre cents mètres d'altitude. Bien entendu, ni Paul ni mon père n'avaient fait le déplacement. En plus du prêtre, nous étions trois femmes autour du bébé : Siloé, maman et moi. Félix avait été trempé dans ce lac d'altitude et je me souviens encore de son regard étonné au sortir de l'eau. Un regard qui semblait dire : « C'est toi, maman, qui as voulu que je sois baigné dans cette eau glacée ? » Je l'avais rapidement réchauffé contre moi et j'espère qu'il ne m'en tient pas rigueur dans un petit coin de sa tête ! Là-haut, au plus près des sommets, j'avais voulu que lui soit donné un signe qui témoigne de ma conviction que chaque homme ne doit jamais se considérer comme sa propre fin. Qu'en allant vers les sommets, c'est en lui-même qu'il va grandir.

Je voudrais que les sommets du monde soient classés au patrimoine mondial de l'humanité. Ainsi ils seraient protégés afin de toujours rester un espace sacré. Non seulement pour ceux qui vont tenter de les vaincre mais également pour ceux qui les regardent d'en bas, et ne s'y rendront jamais.

Je ne savais pas, en faisant ce geste de baptême, sur quels chemins spirituels Félix s'engagerait. Mais ce dont je suis sûre, c'est qu'aux voies majeures, aux itinéraires balisés, il a toujours préféré créer ses propres traces.

J'aime beaucoup le nom de l'association de Christine Janin : À chacun son Everest. Depuis très longtemps elle emmène en montagne des jeunes atteints de maladies graves. Pour chacun d'eux, le but est d'arriver en haut, même si le haut est celui d'une colline ou d'une crête dominée par une grande croix qui surplombe la vallée. Elle offre à chacun la possibilité d'une victoire. Une victoire intime. Une victoire sur lui-même, sur la maladie, qui, le temps d'un exploit, ne prend pas toute la place.

Aujourd'hui mon Everest est en moi. Nulle paroi où agripper mes doigts. Le courage que je dois mobiliser, c'est celui de me regarder en face. Ne pas chercher d'excuse ou d'autre responsable que moi-même. Accepter de marcher sous un morceau de lune, de chercher la petite prise pour ouvrir un passage étroit. Cesser de cueillir les fleurs fanées d'un chemin usé. Trouver cet autre en moi-même…

Mais existe-t-il encore un papillon endormi dans ma chrysalide ?

Maxime a déployé devant Kate, sur le piano, la carte du massif. L'aiguille Noire est accessible par différentes voies mais, pour cette course hivernale, Maxime propose d'y aller en suivant la crête des Béraudes. Je le vois poser son doigt à côté des chalets de Laval, point de départ d'une marche d'approche assez courte car il faut rapidement s'équiper pour attaquer les flancs de la montagne.

J'ai toujours aimé ce moment où l'on déplie la carte, projetant le chemin que l'on foulera ensuite. C'est le moment où l'imaginaire s'exprime, mobilisant nos espoirs mais aussi nos souvenirs ou nos craintes. Chacun est alors l'interprète des courbes de niveau, s'imagine le bord du lac que l'on va longer, le sentier en surplomb, le rocher qui ne s'éclairera qu'avec la lumière du jour, la vue panoramique lorsque l'on marchera sur la crête. La carte n'est pas le territoire, elle en raconte une histoire que chacun va écrire différemment.

La première fois que je regarde la carte d'un pays que je ne connais pas, je lis les noms comme les notes d'une partition exotique. Leur sonorité associée au dessin des reliefs donne les couleurs à un récit que viendra nourrir ensuite la réalité.

À la maison, papa faisait comme Maxime, il me montrait la carte de là où nous allions partir en randonnée le lendemain. Je me couchais avec plein d'images dans la tête. La carte animait mon imaginaire aussi bien qu'une histoire de princes et de princesses dans un pays merveilleux. Quand nous nous retrouvions en randonnée, papa sortait régulièrement sa carte et demandait : « Vous voulez savoir où on est ? » J'ai longtemps trouvé que c'était une drôle de question. En réalité, papa savait très bien où nous étions mais il tenait à nous montrer où nous étions « sur la carte ».

Cet exercice de mise en situation via l'entremise d'une représentation graphique est le propre des intellectuels. Je n'ai jamais vu Thomas ou son père utiliser la moindre carte. Ils savent où ils sont et seule l'expérience de terrain compte.

— Si le temps est clair, on verra jusqu'au mont Blanc, commente Maxime.

— Vous partez dans l'après-midi ?

— Oui, on va aller coucher à Laval pour être à pied d'œuvre demain matin. Réveil à cinq heures, puis une belle journée en perspective. L'anticyclone est solidement positionné donc nous avons une météo excellente.

— Alors tu me raconteras demain. Merci, Pasco, pour la tartiflette. J'étais déjà claquée mais là je suis bonne pour faire ma sieste sans dessert. Tu me garderas de la tarte aux myrtilles pour le goûter ?

— Ça, c'est pas sûr. Allez, va donc au pieu !

Un livre est posé sur la table de nuit. Je ne l'avais pas remarqué lorsque j'étais venue me changer : *Cinq Méditations sur la beauté* de François Cheng. Je reconnais bien là une intention de Pasco.

« En ces temps de misères omniprésentes, de violences aveugles, de catastrophes naturelles ou écologiques, parler de la beauté pourra paraître incongru, inconvenant, voire provocateur. Presque un scandale. »

Je ne pense pas avoir achevé la première page avant de rejoindre un sommeil où les images tumultueuses d'un métro parisien ouvrant ses portes à Chamonix précèdent la vision d'une fresque représentant un terrifiant cortège. Reliés par une chaîne qui les conduit vers l'enfer, les vices chevauchent chacun un animal : l'Orgueil, monté sur un lion, emmène la troupe funeste ; derrière lui, le blaireau transporte l'Avarice, la Gourmandise est sur un loup, la Luxure sur un bouc, la Colère sur un léopard, l'Envie sur un lévrier et la Paresse sur un âne. Je connais bien cette fresque. Elle se trouve dans la chapelle Notre-Dame-des-Grâces, à Plampinet. Seuls les vices ont peuplé mon sommeil mais dans la chapelle, les vertus sont représentées par des femmes en prière : l'Humilité, la Largesse, la Chasteté, l'Abstinence, la Patience, la Charité, et la Diligence. Petite, avec ma mère et ma grand-mère, j'ai assisté à plusieurs cérémonies à Notre-Dame-des-Grâces. Je ne comprenais pas pourquoi les animaux étaient porteurs des vices et je trouvais tristes ces femmes en prière. Il me semblait qu'il y avait quelque chose qui clochait dans cette histoire. Ayant par ailleurs du mal à considérer la gourmandise comme un péché capital, j'ai longtemps gardé cette représentation comme une énigme. Devenue écologue, je peux désormais garantir qu'aucun des vices attribués aux hommes n'existe dans le règne animal !

Il fait nuit noire quand je me réveille. 5 h 30. J'ai dormi près de quinze heures. Cheng est posé sur mon ventre, bienveillant philosophe avec qui j'ai partagé mon lit. Peut-être a-t-il nourri mon sommeil de pensées positives et est-il pour quelque chose dans ma lucidité matinale. Je m'assieds à la petite table qui se trouve devant la fenêtre et décide d'écrire un mail adressé conjointement à Paul au ministère, à l'Agence de la biodiversité, aux collaborateurs de mon laboratoire et à l'Opie, la grande association française de protection des insectes. Je ne veux accuser personne et assumer pleinement ma responsabilité. Je veux être factuelle et dire les choses telles qu'elles se sont passées. Il ne s'agit ni d'être victime ni de trouver une quelconque excuse pour quelque chose qui ne regarde que ma conscience. Les mots viennent facilement. Ils me libèrent.

Mesdames, Messieurs,

Dans le cadre de l'étude des risques phytosanitaires préalable à l'autorisation de mise sur le marché du produit dénommé « Greenstop », j'ai été amenée à commanditer des essais in vivo *conformément aux protocoles en vigueur.*

J'ai commis l'erreur de rendre un avis positif alors que je ne disposais pas des derniers tests requis.

Le rendu du laboratoire de recherche de Montpellier a mis en évidence la dangerosité incontestable du Greenstop sur les populations d'odonates. Il est donc impératif de retirer l'agrément donné à l'industriel sous peine de risques majeurs pour la biodiversité.

Je regrette infiniment la légèreté avec laquelle j'ai agi et adresserai dans la foulée une lettre de démission à l'Agence de sécurité sanitaire à laquelle j'appartiens.

Restant à votre entière disposition,

Ana Féclaz

Le soleil éclaire les Cerces, l'aiguille Noire, le Grand Aréa et toutes les crêtes de la rive droite de la vallée. Je pense à Maxime et Kate qui doivent regarder le sommet comme si un grand projecteur leur indiquait le chemin.

Mon sommet du jour a été d'envoyer un mail. À chacun son Everest…

Me revient la phrase d'Hölderlin : « Là où est le péril croît aussi ce qui sauve. »

C'est une vraie citation pour un montagnard. J'ai bien souvent perçu cette dualité sans frontière bien nette entre le bien et le mal, la lumière et les ténèbres, si bien symbolisée par le yin et le yang. Je ne crois pas que ce soit là où l'on a tout à perdre que l'on a également le plus à gagner mais je crois que celui qui s'engage pleinement dans ce qu'il fait porte en lui une part de risque, et que c'est dans cette part que se trouve le meilleur de lui-même. Un lieu intérieur où s'exerce son acuité la plus forte, avec une intensité où chaque geste peut être pur comme du cristal mais également aussi coupant. Celui qui grimpe à une falaise perçoit cela chaque fois qu'il pose les doigts sur une nouvelle prise.

Dans notre vie, il se présente des moments qui ont cette caractéristique, des « kairos », moments opportuns où chacun est appelé à exercer son discernement le plus sensible. Passer à côté, c'est rater un rendez-vous, un point de bascule possible. Mais les considérer avec légèreté, ivresse ou aveuglement, ce qui revient au même, peut rendre le cristal tranchant.

En cachetant l'enveloppe, je me sens soulagée et j'ai très faim. Lorsque je descends dans la salle commune du refuge, j'essaye de rendre mon pas léger mais chaque marche grince avec ce bruit si familier que l'on entend dans beaucoup de vieux chalets. Quand j'étais petite, Pasco m'avait dit que les marches parlaient pour le prévenir si par hasard le yéti montait dans les chambres. J'ai toujours été crédule et j'avais été très impressionnée quand, un premier avril, Pasco m'avait montré d'énormes empreintes de pas du yéti autour du chalet.

— Ben dis-moi, t'avais besoin de dormir, Nanouche ! On appelle ça faire le tour du cadran !

— Oui, j'ai dormi. J'ai tellement bien dormi qu'à mon réveil j'avais les idées claires comme l'eau du torrent et que j'ai écrit un mail à la terre entière pour dénoncer la nocivité du Greenstop, et du même coup, mon incompétence. Mais, toi, dis-moi, c'est le yéti qui t'a réveillé ?

— Avec l'âge on se lève de plus en plus tôt. C'est le premier rayon qui tape à ma fenêtre qui me sort du lit. Tu risques quoi avec cette lettre ?

— J'ai donné ma démission. Je risque simplement qu'elle soit acceptée...

— C'est une très bonne nouvelle, tout ça ! Te voilà libre de rester ici !

— Oui... Tu attends du monde aujourd'hui ?

— À midi, un groupe à raquettes qui vient déjeuner avant de redescendre, des pyrénéistes. Ils se sont présentés comme ça. Il paraît que c'est la première fois qu'ils viennent dans les Alpes.

J'ai souvent été frappée par la différence entre les alpinistes et les pyrénéistes. Il y a chez les premiers une culture du sommet et de l'exploit qu'il y a moins chez les seconds. L'alpinisme, comme son nom l'indique, est né dans les Alpes mais ce sont les Anglais qui ont inventé cette terminologie. Les alpinistes étaient des aventuriers qui grimpaient. Le terme anglais *scramble* ne signifie pas « escalade » mais « grimpade ». Une synthèse qui englobe la marche en sentiers, la pratique du glacier et celle des parois. J'aime ce terme qui unit plus qu'il ne sépare les pratiquants des chemins comme ceux des rochers.

Le pyrénéiste revendique une histoire avec le territoire, avec sa culture, avec les hommes et les femmes qui l'habitent. L'exploit n'est pas l'unique objectif. Il développe un état d'esprit plus collectif qui m'a immédiatement sauté aux yeux lorsque j'ai parcouru la haute route pyrénéenne qui traverse la montagne d'est en ouest. Les Pyrénéens que j'ai rencontrés savaient me raconter l'origine des châteaux cathares, les enjeux associés au maintien d'une agriculture de montagne. Ils connaissaient des chants traditionnels catalans ou basques, ils savaient reconnaître le vautour juvénile du plus âgé… Il y a dans leur pratique de la montagne une démarche globale, très respectueuse du territoire. Une culture générale du milieu qu'ils côtoient bien plus importante que celle des alpinistes qui sont des spécialistes pour qui, souvent, seule la paroi compte.

J'avale ma chicorée en dévorant mes tartines couvertes de confiture de myrtilles. Je garde le souvenir joyeux de ces fins d'été où nous allions peigner les arbustes de myrtilles avec papa, maman, Pasco et Siloé. Nous avions chacun un petit panier et le jeu consistait à ne pas laisser une seule myrtille non ramassée dans le coin que chacun s'était choisi. Plus la récolte avançait plus nos mains étaient violettes. À la fin, maman me faisait deux marques sur chaque joue comme si j'étais une Indienne.

Lorsque maman est tombée malade et que, après papa, ce fut à mon tour de n'être plus reconnue, j'ai perçu combien on pouvait vivre juste pour être aimée. Le regard de mes parents me portait autant qu'il me poussait pour entreprendre, aller plus loin, être quelqu'un de bien. Paul aussi a fait partie du public pour lequel je me battais dans l'arène. Félix également bien entendu ! Aujourd'hui, les uns et les autres sont loin. Il n'y a plus grand monde dans les gradins et j'ai un peu de mal à occuper la scène de ma propre vie. Durant toute mon enfance, j'ai cherché le regard parental comme un assentiment, guettant la reconnaissance, l'encouragement, l'amour. C'est ce regard que je trouvais enfant auprès de ma mère en lui racontant ma journée. Ce regard m'a portée, mobilisée, et fait grandir.

J'ai le sentiment que le manteau de l'enfance vient juste de tomber. Et j'ai un peu froid.

— Dis-moi, Pasco, ça ne t'embête pas si je prends un morceau de pain et de fromage et que je pars faire un tour à skis en te laissant avec tes gars des Pyrénées ?

— Fais-toi plaisir, Nanouche !

En sortant, je reste un moment sur le replat devant le chalet. Tout semble immobile.

Comme il est apaisant, ce monde blanc qui paraît figé dans l'éternité. Seules s'échappent du haut des crêtes des voiles de poudre d'albâtre. Comme si une mariée avait parcouru les sommets en laissant dans son sillage d'infimes traces de sa course. J'aime l'idée d'une mariée reliant le ciel à la montagne. Quand on est en haut la joie l'emporte sur tout.

Maxime et sa cliente doivent maintenant avoir atteint le sommet. J'attache mes peaux à la semelle des skis, les chausse, et m'engage sur le sentier des lacs. D'autres avant moi s'y sont engagés. Je vois leurs traces dans la neige. Je compte quatre personnes. Deux sont équipées de raquettes larges et deux autres de plus étroites. Certains marchent avec des bâtons et d'autres non. Mes prédécesseurs ont bifurqué sur le chemin de ronde qui surplombe la vallée et je crée désormais la trace car je poursuis vers le haut. C'est plus dur car à chaque pas je soulève avec moi un paquet de neige mais c'est aussi un plaisir à nul autre comparable que de faire sa propre trace. Emprunter un chemin en ayant le sentiment d'être le premier, s'identifier un peu à Armstrong quand il a marché sur la Lune...

Seuls le sable et la neige ont la délicatesse d'être nos alliés dans cette expérience. À chaque chute de neige, la montagne offre cette possibilité de croire que l'on est le premier. À chaque marée, le sable est recouvert, lissé, et redevient vierge pour celui qui marche sur la grève au petit matin. Illustration très physique de « aujourd'hui est le premier jour du reste de ta vie » cher aux psychologues qui veulent nous convaincre que c'est nous qui érigeons des impossibles là où il n'en existe pas.

Mais ce n'est pas parce que la page devant laquelle je me trouve est blanche que le cahier de ma vie est vierge. Je n'arrache pas les pages de ce cahier parce que j'en tourne une nouvelle. C'est bien à cette composition que je suis invitée : reprendre la marche en considérant que ce qui reste à vivre est une chance véritable de faire de demain un meilleur qu'hier, qui n'effacera pas l'hier mais autorise les plus beaux présents. Et le présent n'est-il pas le seul temps que nous vivons vraiment ?

Je reconnais les traces du lièvre qui a joué dans la neige au pied d'un monticule où doit se trouver son gîte. À cette époque de l'année le lièvre est blanc et se confond avec la neige. Il est ainsi une proie moins visible pour le renard, les aigles et autres rapaces. À chaque pas j'entends le crissement de la neige sous mon appui. Il est lent, mon pas dans la neige. Je le pose comme si rien ne m'importait plus que d'être à mon pas, trouver avec cette lenteur aussi ma profondeur.

La dernière fois que j'ai marché, c'était du côté de Conques, sur le chemin de Saint-Jacques. J'avais emmené maman qui avait déjà fait ce grand pèlerinage à pied mais qui n'en avait plus aucun souvenir. J'espérais que le chemin lui parlerait. Un chemin emprunté par des milliers d'hommes et de femmes, à la seule force de leur esprit et de leur corps. Du bout des pieds. Je me souviens de ce chemin habité de l'espoir des hommes mais aussi des détresses déposées sous leurs pas. Un chemin aussi chargé que les bougies qui éclairent le fond d'une église.

Le soleil sur la neige donne à chaque cristal son éclat. À la prière du fond d'une église, je substitue ma méditation de marcheuse :

Mes pieds.

Je marche avec mes pieds.

En médecine chinoise on dit que tout le corps se résume dans les pieds.

Je marche de tout mon corps.

Tout mon corps pèse dans chaque pas.

Je marche et m'appuie de tout mon corps dans chaque pas.

Chaque pas pèse sur la terre du chemin.

Quand le chemin devient route, mon pas me renvoie l'écho de la route.

Ce n'est plus mon pas qui s'appuie sur le chemin mais la route qui pèse sur mon pas et qui s'appuie sur mon corps.

Les routes n'ont pas été faites pour les marcheurs mais pour les rouleurs.

Les rouleurs ne touchent pas le sol de leurs pieds.

Leurs pieds servent à accélérer ou à freiner.

Parfois leurs pieds écrasent le frein ou l'accélérateur, trop tard ou trop fort.

Le marcheur n'écrase jamais le chemin trop tard ou trop fort.

J'aime le chemin.

Le chemin de terre comme celui de pierres.

Les pierres ne sont pas comme l'asphalte.

Sous mon pas elles roulent ou forment une mosaïque en se calant avec celles qui les entourent.

Chaque marcheur compose la mosaïque du chemin.

Ils sont des milliards, les pas qui ont formé cette céramique du chemin. Sans doute certains se sont-ils foulé la cheville à mal fouler le sol.

C'est certain, marcher n'est pas sans danger.

Mais ne pas marcher est bien plus dangereux.

Le corps alors ne s'appuie plus que sur lui-même. Il pèse de plus en plus.

Chaque viscère comprime son voisin, l'estomac compresse les poumons où l'air peine à rentrer autant qu'à sortir. Les poumons enserrent le cœur si fort que chaque battement devient une performance. L'estomac écrase le foie.

Sur le chemin certains sont en crise de foi mais sans *e*.

Une crise de foie, c'est quand on a trop mangé, une crise de foi, c'est quand on ne s'est pas assez nourri.

Sur le chemin, les mal-nourris se goinfrent de silence, ils abusent de chaque émerveillement, ils se tendent vers le ciel comme s'ils ne s'étaient jamais totalement dépliés.

Je pense avec mes pieds.

Grâce à eux, pas à pas, je pense.

Au début je pense que je marche. Puis je cesse d'y penser et continue de marcher.

Je continue de penser malgré tout.

Ne plus penser que je marche n'arrête ni mon pas ni ma pensée.

À certains moments je me surprends à ne plus penser non plus.

Où suis-je alors ?

Je découvre qu'il existe autre chose.

Un impensé qui habite quelque part au-delà de mes casiers. C'est comme la découverte de l'existence d'un grenier dans une maison que l'on croyait connaître.

L'impensé n'est pas l'inconscient. L'inconscient est dans un grenier dont il existe une clé.

Le grenier de l'impensé n'a pas de clé. Pourtant l'impensé n'est pas un grenier vide.

Par définition, quand il s'ouvre et qu'il devient pensé, il disparaît.

Sur le chemin de Saint-Jacques, j'avais croisé un pèlerin qui m'avait dit que ce qu'il trouvait extraordinaire en marchant, c'est que cela lui permettait de méditer.

83

Sans discontinuer, pendant plus d'une heure, il m'avait raconté pourquoi il marchait mais aussi quel était son métier, le problème de genoux de sa femme, dont il était le quatrième mari, les États-Unis qu'il avait parcourus à moto, les fictions américaines bien mieux écrites que les françaises car les personnages sont bien plus profonds, etc. Cela n'était pas la première fois que je constatais que les gens qui font de la méditation sont très bavards. Peut-être que c'est le seul moyen qu'ils ont trouvé pour se parler à eux-mêmes.

Je me suis aussi rendu compte que certains qui n'osaient pas dire qu'ils priaient disaient qu'ils faisaient de la méditation.

Il n'y a pas de mal à dire que l'on prie !

Mais bon, ce n'est pas grave non plus de dire que l'on médite pour prier en paix.

La paix...

N'est-ce pas finalement ce que cherche celui qui médite, celui qui prie, celui qui marche ?

La paix.

Chacun son chemin, chacun ses mots ou plutôt son silence.

La paix, c'est parfois se relier avec soi-même ou se relier avec les autres.

Avec l'Autre pour ceux qui le trouvent ou qu'Il trouve.

Comment être en paix avec soi-même quand on ne l'est pas avec les autres a souvent été une question que je me suis posée quand je voyais une fille ne plus parler à sa mère ou un frère ne pas être capable de dialoguer avec sa sœur sans que le ton monte et que les reproches s'alignent comme des perles à un collier.

La question était mal posée. Comment être en paix avec les autres quand on ne l'est pas avec soi-même est la bonne question. Je crois que celui qui marche ne découvre pas obligatoirement la réponse mais la question.

Certains savent pourquoi ils marchent.

Ils partent avec une question et reviennent avec une réponse.

Ils partent avec une blessure et reviennent avec une cicatrice.

D'autres partent avec une question et reviennent avec une autre.

Nous appuyons sur ce sol un peu plus et marquons le sentier pour que jamais ne se perde son tracé.

En hiver le chemin s'efface sous la neige mais il est bien là.

Nous marchons à notre tour parce que c'est à notre tour d'entretenir le sentier.

Nous marchons pour que l'*Homo erectus* devenu *sapiens sapiens* puisse toujours trouver des chemins vers l'*Homo spiritus*. Nous marchons car nous savons que d'être *sapiens sapiens* (ce qui veut dire « sachant ») ne nous empêche pas pour autant d'être crétin crétin.

Nous marchons car le *sapiens sapiens* a créé la voiture qui roule très vite et tue toute une famille, la chimie qui détruit la vie dans la terre et empoisonne nos assiettes, la physique qui rend invivables les régions de Fukushima ou Tchernobyl...

Nous marchons car nos GPS peuvent nous emmener partout sur la planète mais ne donneront jamais de sens à nos vies.

Si nous habitions la planète comme nous marchons sur le chemin de Saint-Jacques, nous prendrions garde à ce qu'elle ne devienne pas plus difficile à vivre pour ceux qui marcheront après nous. Nous laisserions le chemin ouvert et lumineux.

Ils sont des millions à avoir marché avant moi vers Saint-Jacques mais il n'y en a qu'une parmi ces millions qui est ma mère. Ma mère n'est pas très grande, pas très forte, pas très jeune. Quand on regarde ses jambes on dirait des baguettes chinoises. Mes jambes sont indéniablement faites pour marcher mais pas celles de ma mère. Les siennes sont plutôt faites pour la calligraphie. Toujours est-il que ma mère a déjà passé cinq semaines sur ce fameux chemin. Et la première étape, c'est à plus de soixante-dix ans qu'elle l'a commencée ! Avait-elle buté sur la même pierre, vu les épilobes en fleur en été, cueilli des framboises et des myrtilles au pied des murets ? Je suis sûre qu'elle a ramassé des petits fruits si c'était la saison. Ma mère ne cueillait pas que les fruits, elle cueillait aussi des pierres, du bois flotté, des chardons et des graminées. Le tout rejoignait son atelier de peinture et formait des natures mortes spontanées susceptibles un jour de faire partie d'un tableau.

Ma mère savait reconnaître un visage dans un galet roulé par la rivière ou dans l'entrelacs d'un fil de fer rouillé. Ma mère a toujours été une chercheuse d'humanité, comme d'autres sont des chercheurs d'or. Aujourd'hui, sur le rivage des Syrtes de sa pensée, je suis certaine que ses fresques imaginaires sont remplies de morceaux de nature, de grèves bretonnes, de pieds de vigne en Provence, de chemins vers Compostelle, de prairies alpines et de lièvres à la toison blanche en hiver.

Ma mère marchait lentement. Celui qui marche vite ne s'arrête pas pour cueillir. Elle, elle pouvait presque cueillir sans s'arrêter tellement son pas était lent. Je tiens de ma mère un émerveillement presque naïf devant la nature. Je peux m'émouvoir de la rosée déposée sur les mousses au pied d'un arbre ou du bleu d'un lichen sur une écorce sombre. Que dire lorsqu'une mésange s'attarde avec gourmandise dans les branches d'un sorbier au printemps ou qu'un jeune faucon en vol stationnaire guette un petit rongeur au-dessus d'un pré ? Ma mère rendait grâce à Dieu de tant de merveilles. Et il est vrai que, s'il y a bien un endroit où Dieu a peut-être été pour quelque chose, c'est dans cette merveille d'agencement que forme la nature. Pour le reste chacun verra Dieu à sa porte ou ne Le verra point. Ma mère priait souvent. Elle faisait des neuvaines, elle est allée à Cotignac et à Lourdes mais aurait aussi pu aller à La Mecque car elle rêvait de religions qui se parleraient et qui fêteraient chacune les fêtes des autres. Ma mère n'a pas marché devant moi seulement sur le chemin de Saint-Jacques. Elle marche aussi devant moi dans la vie.

Ils doivent être nombreux, les pèlerins qui marchent en priant. Certains chantent aussi. Il paraît que chanter, c'est prier deux fois. Sans doute pensent-ils que prier en chantant et en marchant, c'est prier trois fois ! Le chemin de Saint-Jacques doit posséder une véritable aura permanente tellement d'hommes et de femmes ont prié en le parcourant. Sans doute en plein hiver, alors que plus personne ne l'emprunte, continue-t-il à prier tout seul. J'aime cette idée d'un chemin qui prie. Les pèlerins seraient alors comme ces tours de dynamo que l'on donne à une lampe écolo qui continue d'éclairer quand la manivelle s'arrête.

Ma mère est la première écolo que j'aie rencontrée. Elle n'a jamais jeté un sac en plastique, elle gardait l'eau avec laquelle elle lavait les légumes pour la donner aux plantes, elle roulait sur son vieux vélo et ne s'achetait une nouvelle casquette que lorsque la vieille ressemblait à une serpillière. Décroissance, déconsommation, ma mère a inventé tous ces concepts avant Patrick Viveret. En réalité, ce n'est pas vraiment elle qui a inventé cela car ma grand-mère était ainsi et mon arrière-grand-père aussi. Ces trois-là avaient depuis longtemps compris que la sobriété n'empêchait pas la joie et que bien souvent elle en était le chemin.

L'écologie est finalement un concept nouveau car le dysfonctionnement de notre société est récent aussi. Mais je suis certaine que dans bien des familles, chez bien des grands-parents, on ne jetait pas l'eau des légumes ni les emballages qui étaient soigneusement pliés et rangés sur l'étagère de grandes armoires en bois. Ce n'est finalement que du bon sens. L'inventeur du Kleenex doit être le grand responsable de tout ce qui est arrivé ensuite ! Les mouchoirs n'étaient plus en tissu, puis ce furent les gobelets, les assiettes, et désormais nos téléphones que nous jetons tous les deux ans. Ma mère a encore des mouchoirs en tissu, comme son frère. Des mouchoirs de Cholet. De jolis mouchoirs doux et repassés. Un jour elle m'en a donné un et je me suis rendu compte que se moucher le nez pouvait être doux et voluptueux comme la caresse d'une mère. Depuis j'en ai toujours un dans ma poche.

En revenant sur le chemin de Saint-Jacques, maman avait marché et souri. Je ne saurai jamais ce qu'elle avait dans la tête mais son seul sourire est une évocation qui m'apaise.

J'entends le ruisseau couler à quelques pas du sentier. Il serpente sous la neige. En plein hiver tout est gelé et le ruisseau se tait. Quand il parle de nouveau, c'est pour annoncer le printemps. Je sais que dans quelques pas je verrai le lac. Je le guette des yeux, me rappelant les mots de mon père : « Le premier qui voit le lac décide du lieu du pique-nique. » Je me mettais alors à courir avec lui ; et il me laissait gagner !

Aujourd'hui le lac est bleu. Le lac, pas l'eau du lac. L'eau est transparente, il suffit de la prendre entre ses mains pour s'en rendre compte. Le lac ne doit sa couleur qu'à la nature de son sol et à celle du ciel qui la fait varier avec son humeur. C'est aussi avec mon père que j'ai découvert que l'eau d'un lac n'a pas de couleur.

Le soleil est chaud.

Sur la gauche du lac, légèrement en surplomb, un gros rocher est à moitié recouvert de neige. « La table des lois ». C'est ainsi que je l'avais dénommé un jour où nous étions venus avec le Club des cinq. Du haut de nos treize ans, nous avions juré que toujours nous resterions amis et que ce rocher serait notre parlement. Nous y avions établi nos dix commandements :

Il est interdit de mentir.

Il est interdit de jeter des papiers dans la montagne.

Il est interdit de cueillir les fleurs de la montagne.

Il est interdit d'indiquer les coins à myrtilles aux Parisiens.

Il est obligatoire d'éclater de rire plusieurs fois par jour.

Il est obligatoire de s'arrêter dans la montée pour attendre le dernier avant d'arriver au sommet.

Il est obligatoire d'emmener du chocolat pour le pique-nique.

Il est recommandé de se baigner tout nu dans les lacs.

Quand quelqu'un voit un animal, il le dit aux autres.

Il est obligatoire de savoir par cœur les dix commandements.

Je m'assieds en tailleur sur la table des lois et sors mon pique-nique. Mon repas préféré ! Comme je l'ai souvent dit à Paul quand il voulait se faire pardonner quelque chose en m'emmenant dans un restaurant gastronomique parisien : « Aux restaurants étoilés, je préfère les ciels étoilés. » Qui n'a jamais mangé un morceau de fromage des chèvres de François, avec du pain d'Antoine, assis au bord d'un lac, ne connaît rien de la vie ! À la fin de mon repas merveilleux, je vois les chocards s'approcher du rocher et venir picorer les miettes. Dans la neige, la démarche des chocards ressemble à celle des manchots sur la banquise ; le bout de leurs ailes traîne dans la neige et dessine un tracé bien parallèle comme pour inscrire leurs pas sur un chemin rassurant.

Je reste immobile, faisant l'exercice des cinq sens.

J'entends le cri des chocards, plus loin le ruisseau, plus loin encore la cloche de Névache.

Je sens le froid sous mes fesses, mon visage qui prend le soleil, mes genoux qui ont perdu l'habitude de rester ainsi si longtemps.

Je sens l'odeur de la tourbe imbibée d'eau et qui déjà doit porter dans ses pores les crocus qui vont éclore dès que la neige aura disparu.

Je goûte encore l'odeur du chèvre dans ma bouche mais aussi les petits grains de sésame coincés entre mes dents et que je fais craquer un à un.

Je vois le lac, le lac bleu avec son eau qui ne l'est pas. La forme des rochers arrondie par le manteau neigeux. Je vois le soleil de connivence avec l'eau qui fait vibrer les rochers de reflets dorés. Je vois...

Je vois... Un loup !

De l'autre côté du lac, au pied d'une succession de rochers, je vois se déplacer un loup qui, lui, ne m'a pas vue. Je suis sous le vent donc le loup reçoit le souffle de l'air avant moi. Dans le cas contraire il aurait perçu mon odeur et ne se serait jamais découvert ainsi. Je n'en reviens pas ! Je ne pensais pas en voir ici malgré leur présence qui s'est étendue progressivement depuis leur retour en France par le Mercantour. Les loups se trouvent désormais du côté du Massif central et des Cévennes sans que personne explique comment ils ont pu traverser la vallée du Rhône et l'autoroute du Sud !

Je reste immobile. Le loup s'approche de l'eau et boit.

Mes yeux s'embuent et je pleure de joie autant que d'émotion.

Ce loup m'est envoyé, comme un signe ! Je le prends comme un rappel à l'ordre : « Tu es bien à ta place, Ana. Du côté de tous ceux qui luttent pour protéger la nature, le sauvage, les grands espaces, les ruisseaux, les océans... »

Ce loup, c'est un cadeau. L'animal sauvage, quand il se donne à voir, me fait un cadeau. C'est vrai de la libellule qui se pose sur la mare, d'un oiseau qui passe à tire-d'aile entre les futaies et de ce loup.

Assise en tailleur, le regard tourné vers le loup, j'écarte lentement les bras et les lève au ciel. À ce moment précis, le loup tourne sa tête vers moi et me regarde. L'un face à l'autre, avec un lac entre nous. Un lac-en-ciel qui nous relie pour un moment unique. Le loup incline la tête légèrement vers la gauche comme pour mieux me voir puis, très simplement, se retourne et disparaît derrière les rochers.

J'ai trop entendu d'histoires où l'on attribue les méfaits des chiens sur les moutons à des loups pour savoir qu'il peut être difficile de faire la différence entre les empreintes d'un gros chien et celles d'un loup. Je sais ce que j'ai vu mais je veux en avoir la certitude.

Sur mon carnet d'enfant, je n'ai jamais dessiné d'empreinte de loup mais je sais à quoi elles ressemblent.

Je fais le tour du lac, marchant d'un bon pas, espérant le voir de nouveau, sans pour autant y croire. Ce ne sont pas des cadeaux que l'on reçoit deux fois dans la même journée. Les traces sont bien là : les doigts écartés, ainsi que les griffes. La distance entre la pelote arrière de la patte et les quatre autres est importante, mais un gros chien peut avoir des empreintes similaires. Ce n'est qu'en suivant son pas que je peux avoir la preuve irréfutable. Je suis les traces, contourne le rocher et trouve ce que je cherche. L'animal est parti au trot. À la différence du chien, à la cage thoracique plus large, le loup crée une trace rectiligne comme si chaque pas était mis exactement derrière l'autre.

Pour un naturaliste, croiser le regard d'un loup est la coche suprême !

Les coches, ce sont les observations que nous consignons dans des petits carnets. Les ornithologues ont des carnets remplis de lieux et de dates où ils ont aperçu telle ou telle espèce d'oiseau. Chaque espèce croisée pour la première fois a plus d'importance pour un ornitho que des galons supplémentaires sur l'épaulette d'un militaire. Il est bien plus facile de voir un lion en Tanzanie ou au Kenya qu'un loriot à la lisière d'une forêt... Mais pourtant le lion reste sur la première marche du podium de notre imaginaire.

Je pense à papa. Je voudrais pouvoir lui raconter cette rencontre.

Je la relaterai à maman. Je lui dirai les traces dans la neige et l'eau du lac qui n'est pas bleue mais qui l'est quand même parce qu'aujourd'hui le ciel est si bleu. Je voudrais partager cela avec elle et avec ce père africain qui croit que je suis assez grande pour pouvoir vivre sans lui. Je voudrais ne jamais avoir à dire adieu à ma mère.

J'ai peur de ce moment où je ne pourrai plus me mettre dans ses bras, regarder ses yeux clairs, aujourd'hui un peu perdus, où se reflète l'enfant que je reste quand je suis avec elle. Je me souviens des arbres de ma mère, ces arbres qu'elle dessinait d'un trait. Ces arbres où elle disait qu'au bout de chaque branche il y avait des baisers et des caresses que je pourrais toujours trouver. J'ai peur de ne plus savoir atteindre le bout des branches le jour où elle ne sera plus là.

5

Ce que j'ai perdu en chemin

En redescendant vers le refuge, je suis excitée et j'ai hâte de tout raconter aux hommes de la maison. Aux traces de raquettes à double sens, je comprends que les Pyrénéens sont repartis vers Névache.

Pasco fend du bois sur la terrasse. Je reconnais le bruit de la cognée. Avec la déprise agricole, la forêt gagne ici comme ailleurs. Jusque dans les années 1960, c'est avec des chevaux de trait que l'on évacuait les troncs d'arbre que l'on coupait dans les pentes de la montagne. Il existe des régions où cette pratique perdure. L'usage du cheval évite la création de pistes, qui sont autant de saignées dans la montagne, pour que des engins monstrueux puissent en quelques jours embarquer les grumes. Les saignées demeureront des dizaines d'années pour la productivité d'un jour.

Ici, l'affouage est toujours en vigueur et chacun a droit, pour un faible prix, à un lot de forêt communale tiré au sort chaque année. En

97

hiver, quand la sève est descendue, le bruit des tronçonneuses habite les forêts. Tout au long de l'année, Pasco fend ensuite les bûches qui sont trop larges pour alimenter le grand poêle. Je regarde ce mouvement qui prend son élan dans le dos du bûcheron pour s'abattre dans un bruit sourd sur le billot. C'est très lourd, une cognée ! Cela semble pourtant si facile quand on le regarde faire.

Pasco ne m'a pas vue. Je perçois les muscles de son dos et de ses épaules se tendre puis se relâcher après que le fer a fendu le bois. Depuis combien de temps n'ai-je pas touché le dos d'un homme...

« Apprenez à générer du bonheur seule » avait été l'injonction de la coach que j'avais rencontrée après avoir été m'abîmer dans des histoires plus nulles les unes que les autres après ma sépara-tion avec Paul. Pour moi qui me suis toujours donnée aux autres, à mes proches comme à de grandes causes où j'avais le sentiment de défendre l'humanité, ne s'occuper que de moi était un exercice difficile.

J'avais pris au pied de la lettre les mots de Thérèse de Lisieux que ma mère aimait tant : « Aimer, c'est tout donner et se donner soi-même. »

Cela me semblait limité, MOI, manquant d'en-vergure ! Je craignais d'en faire vite le tour. Il m'a fallu d'abord trouver ce passage vers moi. Une porte d'entrée. Ce n'est pas plus simple que de trouver l'entrée du tombeau d'un pharaon dans une pyramide égyptienne. Mais quand on a entre les mains le début du fil de la pelote emmêlée, il n'y a plus qu'à le suivre. Parfois on tombe sur un nœud qu'il faut défaire. À d'autres moments le nœud est tel que l'on a envie de couper le fil. Je crois que je n'ai pas besoin de démêler toute la pelote pour recommencer à vivre. Nous ne sommes pas nos blessures. C'est à cela que servent les cicatrices. Elles ne font pas disparaître les blessures de notre histoire mais elles les referment. La douleur n'est alors plus qu'un souvenir. Je n'ai pas envie de gratter mes croûtes pour raviver les plaies. Certains entretiennent leurs blessures dans une posture parfois facile d'éternelle victime, de convalescent méritant l'attention de tous, justifiant ainsi une difficulté à être, à se prendre en charge, à vivre !

Je ne crois pas être ici pour aller rechercher mes blessures une à une. Ce que je commence à comprendre, c'est que mon mental a trop souvent pris le dessus sur mes émotions. Je dois cesser d'expliquer mais plutôt rendre limpide cette eau où je baigne pour laisser ce que je ressens, intuitivement, reprendre la main sur ce qui me guide.

— T'as vu la Vierge, la Nanouche ?

— Presque, j'ai vu un loup !

J'ai dit cela avec joie mais je vois le visage de Pasco se refermer.

— Tu es sûre de toi ?

— Certaine. J'ai vérifié les traces. T'as pas l'air heureux ? C'est super, non ?

— La promesse de plein d'emmerdes tu veux dire ! S'il y a un loup, cela veut dire qu'il y aura une meute, si elle n'y est déjà. J'aurais préféré qu'ils restent dans le Queyras que de venir nous faire la zizanie ici.

— Je te trouve bien grincheux. Pour moi, c'est une grande nouvelle !

— Va dire cela à ton ami Thomas ! Les bergers ne veulent pas entendre parler des loups. Ils restent convaincus que ce sont des écolos comme toi qui les ont amenés d'Italie !

— C'est absurde. Les loups sont revenus car la forêt gagne, que les pentes des montagnes ne sont plus cultivées et les restanques abandonnées. Alors le loup retrouve un milieu propice et le colonise.

— Je sais cela. Mais moi je n'ai pas de troupeau ! Vu de Paris on croit que c'est simple, la question du loup. Au début, j'ai été moi aussi du côté de ses défenseurs au nom de la protection de la biodiversité, mais aujourd'hui je vois bien que c'est un sujet qui ne peut être intellectualisé au risque de passer à côté de la réalité de terrain. La France est un territoire où cohabitent de façon paradoxale deux réalités. D'un côté nous artificialisons l'équivalent de la surface d'un département tous les six ans en construisant des routes, des centres commerciaux et des zones pavillonnaires ; de l'autre nous laissons la forêt se développer, en particulier tout le long de nos frontières terrestres. Les forêts, c'est l'univers de la grande faune : chevreuils, cerfs, sangliers sont là. C'est le supermarché idéal du loup qui est leur prédateur. Un loup mâle, quand il devient adulte, doit choisir une femelle et partir chercher un territoire pour installer sa propre meute s'il ne veut pas rester sous la domination d'un vieux loup. Chaque meute a besoin d'un espace entre cent et trois cents kilomètres carrés. C'est ce qui explique leur colonisation d'immenses espaces.

Un jour, c'est l'ours qui reviendra dans les Alpes, lui non plus n'aura besoin de personne pour lui montrer le chemin. Il reviendra tout seul, sur ses quatre pattes. Il aura également suivi l'arc alpin depuis la Slovénie où il n'a jamais disparu des forêts. C'est écrit d'avance.

Voilà Maxime qui arrive, accompagné de Kate.

Ils portent chacun un grand sac profilé le long de leur dos. Un piolet à glace est accroché de chaque côté et une longue corde est posée en travers de la partie supérieure. Je compte bien partager avec Maxime ma découverte mais je ne veux pas le faire en présence d'une étrangère car j'ai bien compris à la réaction de Pasco qu'il va falloir gérer la propagation de cette nouvelle.

— Salut, Maxime ! Bonjour, Kate. Vous êtes contents de votre balade ?

Kate répond avec un léger accent anglais.

— Très contente. Maxime est un excellent guide ! Est-ce que je peux rester ce soir au refuge ?

— Bien sûr. On a de la place au dortoir.

Le regard de Maxime est étrange. Il n'a pas dit un mot et semble absorbé dans ses pensées.

— Ça va, Maxime ?

— Oui… Il faut que je vous raconte…

— Moi aussi j'ai quelque chose à te raconter.

Pasco revient après avoir montré sa chambre à Kate.

— Papa, tu te souviens des Anglais de l'aiguille Noire ?

— Oui, bien sûr. Avec la pauvre gamine… Pourquoi ?

— La gamine… C'est Kate !

— C'est pas possible !

— Si. Fais le calcul. On a le même âge.

— Vous pourriez peut-être me raconter…

— C'est une histoire terrible… Il y a quinze ans. Une fin de journée d'été. Une journée sublime. J'avais accompagné des clients au Thabor et nous avions rejoint Névache pour boire un verre au Chevalier Barbu avant de remonter ici. J'avais emmené Maxime avec moi. C'était la première fois qu'il faisait une aussi longue course. Le Thabor, c'est pas difficile, mais c'est long. Alors que nous buvions un verre, une gamine est arrivée, hagarde, les yeux remplis de terreur, muette. Elle était équipée comme une alpiniste. Des chaussures montantes, des mousquetons à la ceinture, un petit sac à dos et un baudrier auquel était attachée une corde. Je n'oublierai jamais cette corde de montagne orange qui pendait le long de sa hanche. Une corde tranchée ! J'ai tout de suite compris qu'il s'était passé un drame. La petite ne disait rien, mais elle montrait la montagne, là-haut, du côté des Cerces. Elle avait les cheveux blonds comme de la paille et des yeux clairs.

— C'est vrai que ce sont les mêmes yeux.

— Arrivés au refuge de Laval, la gamine nous a désigné la falaise en dessous de la crête de la Casse blanche. J'ai récupéré les jumelles chez Jules, et j'ai commencé à scruter la falaise. Je n'imaginais pas que cette enfant puisse être allée grimper dans ce coin. Je doutais de ses indications mais il y avait cette corde coupée... Et puis tout à coup je les ai vus. Deux corps suspendus dans la paroi. Aucun des deux ne bougeait. Le plus bas dans la falaise était plaqué contre le rocher. Il était impossible de déterminer s'il était mort ou seulement inanimé. L'autre était totalement désarticulé, tenu par la ceinture. Dans une posture qui laissait craindre le pire. Si la gamine avait été avec eux je ne comprenais pas comment elle avait pu redescendre seule de là-haut.

« Et pourtant...

« J'ai laissé Maxime avec la petite au refuge de Laval. Nous avons appelé la gendarmerie pour leur décrire la situation et puis nous sommes montés avec Jules. Rapidement j'ai entendu l'hélicoptère arriver. Ils ont fait un vol stationnaire à la hauteur des deux corps et sont venus se poser au pied de la falaise où nous les avons retrouvés. J'étais content que ce soit Hugues le médecin de secours. Un sacré mec, tu sais Hugues ?

— Ben oui. Le diacre... Tu oublies que c'est mon parrain... C'est lui qui m'a mariée...

— Hugues m'a dit qu'il pensait qu'il n'y avait plus d'espoir. C'étaient un homme et une femme. Il y avait des thermiques le long de la falaise. Impossible de déposer les secours par les airs à l'endroit de l'accident sans prendre le risque d'un coup de vent qui balance l'hélico contre le rocher. On a décidé de grimper à notre tour. La nuit tombait. On aurait pu remettre au lendemain mais il restait un doute. Ne serait-ce que s'il y avait un infime espoir de vie encore suspendu dans le vide, il fallait s'y accrocher.

« Je pensais à la gamine. J'étais sûr que c'étaient ses parents qui étaient là-haut. C'était quelques mois après la mort de Siloé. Les conditions étaient bonnes. Nous avons grimpé vite, juste éclairés par nos frontales. Nous étions reliés par radio à l'hélicoptère et sur les derniers cent mètres qui étaient les plus délicats nous leur avons demandé d'éclairer la falaise. Les deux alpinistes étaient en contrebas d'une grande casse rocheuse. Ils étaient accrochés l'un et l'autre comme en balancier, maintenus à la falaise par une fissure dans un rocher où la corde semblait coincée. La roche n'est pas très bonne dans tout le chaînon des Cerces mais il est quasiment impossible qu'un piton lâche lors d'une chute. J'ai pensé que l'accident était lié à une chute du premier de cordée sur la crête. Je me demandais où avait bien pu être la petite pour ne pas avoir été elle aussi embarquée.

« Nous avons d'abord rejoint le corps de la femme. Son visage était indemne mais elle était bien morte. Hugues me confirma ensuite qu'elle s'était assommée dans sa chute. L'homme avait le visage entaillé de toutes parts. Sans doute avait-il été écorché par les rochers en tombant. Je me souviens de ses yeux. Les mêmes yeux clairs que la petite. S'il y a un regard que je n'oublierai jamais c'est bien celui de cet homme. Ses joues étaient marquées par le sillon de larmes qui avaient traversé son visage. Il était mort mais j'ai eu l'impression que peu de temps auparavant, il pleurait encore.

« Ce jour-là est le seul de ma vie où je me suis demandé pourquoi il fallait que l'homme risque sa vie pour gravir des montagnes au point de laisser derrière lui une orpheline. Quel est l'orgueil, la vanité, le sentiment de toute-puissance ou la folie qui peut conduire à un tel acte ? Peut-on alors parler de responsabilité ? Le dépassement de soi autorise-t-il le sacrifice de ceux que l'on aime...

Pasco regarde son fils en philosophant.

Maxime ne répond pas... Quel est l'alpiniste qui n'a pas un jour laissé venir à lui ces questionnements paradoxaux ?

— Et ensuite, vous avez fait quoi ?

— Nous avons sanglé les deux corps dans les barquettes de secours et nous sommes redescendus. Ça a été très rapide. L'hélicoptère a emporté les corps, et Hugues et un gendarme sont venus avec nous à Laval pour retrouver la gamine. Mindelow. Nous ne connaissions pas son prénom mais nous avions trouvé dans son sac à dos les papiers de celui que nous considérions comme son père. Jack Mindelow. Un Anglais. Nous avons rejoint Maxime et la gamine à la bergerie, avec le troupeau de Jules. Ils tenaient chacun un agneau sur les genoux. Je me souviens de cette image. Comme si l'enfance était plus forte que tout. La petite souriait, telle n'importe quelle enfant à qui l'on met un agneau dans les bras. Comme si le présent avait déjà repris ses droits sur le drame qu'elle venait de vivre. Hugues examina l'enfant et confirma qu'elle n'était pas blessée. Il lui parla en anglais mais elle ne sortit pas un son. Elle semblait aussi ne pas comprendre ce qu'on lui disait. Ne pas même entendre. Hugues se mit de côté en tapant des mains mais l'enfant ne réagit pas. « Soit elle est sourde depuis toujours, soit c'est le choc psychologique. C'est pas elle qui va nous raconter ce qui s'est passé là-haut », avait-il conclu.

Là-haut... Ce « là-haut » objet de tous les rêves, de toutes les folies, monde à lui tout seul, où l'homme se rencontre lui-même avant toute autre chose. Je comprenais ce qu'avait pu être le sentiment de Pasco en cette belle journée d'été où « là-haut » avait fait deux morts et une orpheline. Ce n'est pas la montagne qui tue, comme l'indiquent parfois les gros titres des journaux, ce sont les hommes qui se tuent en montagne. Et pourtant ils retournent vers ce

106

« là-haut », et si un jour ils cessaient d'y aller, ce serait bien plus grave. Cela serait alors le signe d'un monde où la sécurité aurait pris l'ascendant sur le risque. Où le dépassement, l'exploration de nouvelles frontières, serait autocensuré par une humanité résignée à vivre seulement dans le connu. Il existe des peuples où les sommets sont réservés aux dieux. Moi j'ai toujours eu le sentiment que c'était là qu'en tendant la main, comme dans la fresque de Léonard de Vinci, j'avais l'impression de frôler le sacré...

— Un véhicule de la gendarmerie est venu chercher l'enfant et a redescendu tout le monde dans la vallée. Le lendemain je suis allé faire ma déclaration à Briançon et il m'a été dit que les grands-parents paternels de la petite venaient d'arriver. Personne n'a pu nous dire ce qui s'était passé la veille. Les grands-parents ont confirmé que l'enfant était habituellement bavarde et joyeuse et que son mutisme et sa surdité étaient bien à mettre sur le compte de l'accident. Les corps furent rapatriés en Angleterre et nous n'avons plus jamais entendu parler de cette histoire.

— Moi je sais ce qui s'est passé.

Maxime a ménagé son effet, attendant quelques minutes avant de prendre la parole.

— Kate ne m'a annoncé qu'en haut de l'aiguille que notre course était un pèlerinage en mémoire de son père.

— Et de sa mère.

— Non, la femme qui est morte ce jour-là en montagne n'était pas la mère de Kate mais sa belle-mère.

— Ah bon... Je suis content que la petite ait encore une mère.

— Désolé, papa, mais elle est quand même doublement orpheline car sa mère est Dova Mac Morrow...

— Quoi ? La navigatrice qui a disparu l'an dernier en tentant de battre le record du tour du monde à la voile ?

— Oui. Et c'est pour cela que Kate est là aujourd'hui. Elle a envie de comprendre. De tordre le cou au destin. D'exorciser ce qui semble la vouer à connaître elle aussi un jour une fin tragique.

De nombreux marins sont aussi des montagnards. Le marin, comme l'alpiniste, sait que la nature est la plus forte. Que les éléments peuvent se déchaîner et mettre à bas même le plus héroïque.

« Connaître les autres est sagesse. Se connaître soi-même est sagesse ultime. » Nul exploit possible au marin comme au montagnard sans intégrer pleinement cette maxime de Lao Tseu. Vivre la vie comme un doute et la mort comme une certitude.

J'ai toujours eu du mal avec les limites. Savoir distinguer celles que l'on s'impose à soi-même et celles qui nous viennent d'ailleurs. Apprendre à repousser les premières et à faire sauter les secondes. Les limites, c'est comme les frontières. J'ai voulu les fréquenter pour savoir ce qu'il y a au-delà. Élargir ma tente et y faire rentrer des visages inconnus a toujours été une nécessité. La frontière est le lieu des impossibles rencontres. Les marins comme les montagnards ne les connaissent pas. Ils ont un monde en partage où les lois des nations ne s'appliquent pas.

— Et alors, elle t'a raconté quoi, la petite ?

— Papa ! La petite s'appelle Kate. Et elle a mon âge !

— OK. OK. Raconte-nous.

— Ce n'est pas en montant qu'ils ont chuté mais à la descente.

— C'est toujours comme ça...

— Ils avaient atteint le sommet sans problème. Jack était fier de sa fille et de Meyriem, sa nouvelle compagne. Il avait promis à sa fille que, pour ses sept ans, ils feraient un vrai sommet. Depuis son plus jeune âge il emmenait Kate dans un chalet hérité de sa famille à Chamonix.

— Encore Chamonix...

— Kate était furieuse que Jack ait tenu cette promesse en embarquant avec lui sa « belle-mère ». Une Anglaise rencontrée elle aussi à Chamonix l'été précédent pendant que sa mère naviguait à l'autre bout du monde.

— Ça, c'est le risque...

— Papa ! Tu ne peux pas arrêter tes commentaires toutes les deux minutes !

— OK, je me tais !

— À la descente ils ont utilisé la même voie qu'à la montée où se trouvaient les relais pour descendre en rappel. Un jeu facile.

— On a tous fait ça…

— Oui, mais normalement celui qui passe en premier assure.

— Et alors…

— Alors Meyriem s'est engagée et, lors du second balancier pour atteindre la vire et le relais suivant, elle a glissé et un bruit sourd a accompagné sa chute contre la falaise. Son corps se balançait et Jack a essayé de bloquer la corde mais le mouvement a fait lâcher le relais qui était dans une roche pourrie.

— La merde…

— Oui… Jack a été emporté à son tour. Kate assurait désormais, par sa seule traction, le maintien de la corde dans le bloqueur. Son père a immédiatement compris que sa fille ne pourrait tenir et il lui a répété à plusieurs reprises : « *Cut the rope my love, cut the rope.* » Kate a obéi à son père. Elle a sorti le petit Opinel rouge à bout rond qu'elle avait dans sa poche et elle a coupé la corde.

Durant tout ce temps, son père lui disait qu'il l'aimait. Quand la corde a rompu, Jack a été projeté sur la falaise avant de se stabiliser, vivant, le visage en sang. C'est lui qui a guidé chaque pas de sa fille durant la descente de la paroi, ne cessant de lui parler.

— Quelle horreur !

— Oui. Kate n'était plus assurée par rien et avait le regard brouillé par les larmes qui coulaient sur son visage. Elle n'écoutait que la voix de son père. Arrivée en bas de la falaise elle a couru jusqu'au village. Durant des années elle est restée sourde et muette. Durant des années elle a cru qu'elle était responsable de la mort de Meyriem et Jack. Elle n'arrivait pas à ôter de ses pensées les mots qu'elle s'était dits tout bas à propos de sa belle-mère : « Qu'elle crève. » Des années, jusqu'à ce que Dova, sa mère, l'emmène en bateau jusqu'au Pérou. C'est un chaman qui a redonné l'ouïe et la parole à Kate. Dans un songe hypnotique accompagné d'un étrange breuvage à base d'ayahuasca, Kate a vu Meyriem la prendre dans ses bras. La scène se passait au bord de la Clarée. Là où le torrent des Cerces rejoint le ruisseau, au pied de l'aiguille Noire. En redescendant du sommet, nous avons emprunté tout le trajet qu'avait parcouru Kate enfant. Arrivés au bord du ruisseau nous nous sommes assis contre un rocher. À son pied il y avait un Opinel d'enfant à bout rond. Un petit Opinel rouge. Kate m'a souri et m'a dit : « Voilà pourquoi je suis là aujourd'hui. Je sais que je n'ai voulu tuer personne. Me voilà réconciliée avec la petite fille que j'étais. »

En prononçant ces derniers mots, Maxime a le même sourire doux et généreux que celui de son père. Je regarde ces deux colosses attendris. Et moi je suis bien émue...

On peut passer toute sa vie à restaurer un enfant intérieur abîmé. Je sais ce que je dois à mes parents de ne jamais avoir abîmé cet enfant. J'ai compris pourquoi Paul fouettait au sang les chevaux de la diligence de sa vie. Il avait été le quatrième d'une fratrie où chacun n'obéissait qu'à la seule injonction de la réussite sociale. Un « toujours plus » aux limites de la nausée. Une compétition entre les enfants qui rendait impossible toute coopération, toute solidarité. Paul n'a cessé de vouloir prouver à ses parents, comme à ses frères, qu'il était le meilleur.

Paul me trouvait souvent intolérante et moralisante. Je vois bien que mes indignations se sont rigidifiées avec le temps. Je n'ai rien gagné à me raidir car les mots deviennent inutiles quand ils ne sont plus recevables par l'autre.

Je regarde Kate redescendre de la chambre qu'elle partage avec trois autres randonneurs. Pieds nus, les cheveux encore humides, un grand sourire éclaire son visage. Sa paix me renvoie à mon intranquillité.

Il y a quelque chose que j'ai perdu en chemin. À défendre des grandes causes, j'ai perdu la petite, pourtant essentielle, celle de ma vie... Il y a de la facilité à cela. Circulez y a rien à voir, rien à faire, rien à dire. Il a suffi de cette histoire de libellules pour que la forteresse, que je croyais pourtant si solide autour de moi, s'effondre.

Je commence quand même à percevoir qu'après la panique des premiers jours il peut naître des

112

fruits de cet effondrement. Reconnaître ma fragilité, puis l'apprivoiser, est un apprentissage.

« Là où est le péril croît aussi ce qui sauve »…

Je ne peux envier la succession d'épreuves traversées par Kate mais je constate combien la résilience peut conduire à l'émergence de personnes fortes, intègres, et présentes à la vie.

Avec un délicieux accent anglais, Kate s'adresse à Pasco.

— Je voudrais vous remercier pour tout ce que vous avez fait il y a quinze ans. Quand je me rappelle l'accident, le souvenir des agneaux de Jules et la main de Maxime dans la mienne, l'image s'adoucit.

— Ne me remerciez pas trop, tout ça ce sont les gestes de Maxime.

— Oui, mais on est l'enfant de ses parents. Je le sais bien.

La nuit est tombée.

Durant tout l'après-midi Pasco a préparé le dîner pour les seize personnes qui sont en demi-pension ce soir. Maxime a bourré le poêle à bois et mis le couvert pour tout le monde.

Je suis sortie sur la terrasse pour voir le ciel. Au loin les chalets de Laval sont éclairés. Jules est toujours le gardien de ce refuge. Je pense à mon loup. Ce n'est pas son hurlement qui vient rompre le silence mais quelques accords de piano, puis une voix douce…

Quand je rentre dans la salle commune, le brouhaha des clients du refuge a cessé. Chacun s'est tu pour écouter chanter Kate. Je croise

113

le regard de Maxime. Pour lui aussi, c'est un grand jour. Il sourit comme si les notes de piano avaient rouvert son cœur en même temps que réveillé la montagne. Kate le regarde avec tendresse.

Ils iraient bien ensemble, ces deux-là !

Je parlerai du loup demain ; ce soir on va chanter, manger la soupe de légumes, des crozets de sarrasin, un fromage blanc et son coulis de framboises, et profiter de la douceur du monde.

6

Écouter mon cœur battre contre la terre

J'ai dormi comme une masse. Pas d'Everest à gravir… Juste un énorme édredon en plumes sous lequel je disparais tout entière. Je me lève et reproduis le geste de ma mère : ouvrir la fenêtre pour poser sur la balustrade du balcon ma couette et redonner ainsi de l'air aux plumes mais aussi pour changer l'atmosphère intérieure.

C'est un peu cela mon ordonnance : changer mon air intérieur. Certains parviennent à sortir du chaos brûlant de leurs pensées par des exercices de méditation ; ils ont une ressource que je n'ai pas. D'autres partent suivre une retraite dans un monastère, marcher vers Saint-Jacques ou vivre avec les Massaïs dans la savane africaine. Moi, c'est ici que se renouvellent le mieux mes cellules.

Je trouve sur la table du petit déjeuner un mot de Pasco : « Je pars chercher des truites chez François. Ce soir le refuge est plein. Faites votre vie ! »

François tient la ferme du Clot sur un replat qui domine le village. François a des chèvres, des poules, des lapins, un élevage de truites... Il fait du fromage, des confitures, des sirops... tout cela avec un grand sourire et en prenant toujours le temps de parler avec ceux qui viennent passer des vacances à la ferme. À mon avis il a dû trouver un mélange de plantes des montagnes qui lui permet de se passer de dormir !

Aux Pananches aussi nous avions un potager et un verger. Tout au long de l'année mes parents travaillaient ce coin de terre. Nous ne perdions jamais un fruit ou un légume car tout était transformé en conserves, compotes, confitures, fruits séchés et sirops aux mille parfums !

J'ai ainsi souvent perçu combien le contact de mes mains avec la terre était libératoire. Il y a dans ce seul geste une forme de méditation. Les mains nues dans la terre me donnent le sentiment d'être reliée au substrat de la vie. D'être à la source. Combien de fois ai-je ressenti un avant et un après, après avoir travaillé la terre ? Une légèreté remplaçait ma lourdeur ou ma fatigue. En renouant avec la fonction première de l'homme, se nourrir et nourrir sa famille, je retrouve le plus simple des gestes qui soit, le plus essentiel. Aujourd'hui, avoir un potager est un acte de résistance qui permet de retrouver un peu d'autonomie et de se rendre compte que l'on peut parvenir à s'extraire des grands circuits de consommation. Ne serait-ce que pour mieux appréhender ce que cela représente de travailler la terre et cesser de se plaindre du prix des légumes, chaque jeune Français devrait faire un stage d'une semaine dans une ferme...

Aux trois bols propres sur la table j'en déduis que Maxime et Kate ne sont pas levés. C'est un exploit de faire la grasse matinée dans un refuge.

Je prends ma chicorée sur la terrasse en les attendant. La neige fond dès que le soleil apparaît. Maxime me rejoint, bientôt suivi de Kate. Je comprends que ces deux-là ont dormi dans la même chambre. Au sourire du jeune homme, je réponds par un clin d'œil. J'hésite du coup à parler devant Kate mais j'ai confiance en la jeune femme et me lance.

— Hier je suis partie aux lacs et j'ai pique-niqué au Serpent...

À l'écoute attentive de Maxime, je perçois qu'il sait déjà ce que je vais lui dire.

— Et j'ai vu un loup !

— Une louve.

— Ah... donc tu es au courant ?

— Oui. Ils sont bien installés dans la vallée. J'ai passé des heures là-haut à les regarder avec les jumelles. C'est extraordinaire. Je ne l'ai pas dit à Pasco.

— Moi si.

— Il a réagi comment ?

— Comme si c'était une mauvaise nouvelle.

— Ça ne me surprend pas.

— S'il y a une louve, c'est bien qu'il y a un loup...

— Oui. Mais dans la journée, c'est elle qui va boire au lac. Sinon elle est dans la tanière, derrière un gros rocher dans le bois de mélèzes du côté de Suly. Garou chasse, et il descend là où la neige a commencé à fondre, dans les sous-bois. C'est lui qui rapporte le repas.

— Tu l'as appelé Garou ?

— Oui, et elle Céline.

— Pourquoi Céline ?

— Car je voulais un nom qui aille avec Garou.

— Je vois. Des chanteurs qui savent donner de la voix !

— Un peu, oui.

— Ils sont là depuis combien de temps ?

— Un petit mois.

— Et tu crois que tu vas garder ce secret longtemps ?

— Non. Au premier hurlement, toute la vallée ne va plus parler que de ça ! Pour peu que Garou aille se servir dans un troupeau, on est bons pour un vrai psychodrame !

— Peut-être qu'il vaut mieux anticiper tout ça, tu ne crois pas ?

— On voit que tu n'as pas vu Thomas depuis longtemps. C'est devenu un acharné. Tu sais qu'il garde ses moutons avec son fusil !

— Pourtant c'est interdit d'abattre un loup !

— Faut croire que Thomas pense que la loi ne s'applique pas dans son cas.

Depuis son enfance, tout le monde sait que Thomas sera berger. Ce n'était pas une vocation, juste une évidence, une charge transmise de père en fils.

Je me souviens d'un jour, nous avions dix ans et je l'accompagnais avec son père dans les alpages. Nous marchions derrière le troupeau, au rythme des ordres lancés par Robert à son chien. J'avais entrepris Thomas sur ce qu'il voulait faire quand il serait grand.

C'est Robert qui avait répondu :

— Ben pardi, Nanouche, il sera berger, Thomas ! Comme son père !

— Ah... Il est pas obligé quand même ?

— Pour sûr qu'il est pas obligé mais y a pas idée de vouloir faire autre chose ! T'as vu ce beau troupeau ! Et puis tu les trouves pas belles nos montagnes, avec la Clarée qui chante toute la journée !

— C'est vrai qu'elles sont belles nos montagnes ! Les plus belles du monde !

— Alors tu vois... Il sera berger, Thomas ! N'est-ce pas, mon fils ?

— Oui, papa. Un berger avec un beau troupeau ! Et Nanouche sera ma bergère !

— Ah non. Moi je veux être écologiste !

Robert avait éclaté de rire...

— Mais c'est pas un métier, écologiste ! C'est juste des gens qui aiment la nature et qui votent tous les cinq ans en croyant qu'ils vont sauver la planète !

J'avais été vexée de découvrir qu'écologiste n'était pas un métier. J'avais aussi perçu que Thomas était triste quand je lui avais dit que je ne serais pas sa bergère. Même s'il n'y avait pas de métier d'écologiste, j'étais bien certaine que je ne voulais pas garder des moutons quand je serais grande.

Le soir, en rentrant aux Pananches, j'avais interrogé ma mère :

— Maman, écologiste, on est bien d'accord que c'est un métier ?

— Non, pas vraiment, être écologiste, c'est une posture, c'est une opinion politique, c'est un mode de vie, un idéal... Moi je suis professeure de français et écologiste.

— Je comprends. Papa aussi il est écologiste ?

— Oui. Il est médecin, et écologiste. Par contre écologue, c'est un métier.

— Tu as dit quoi ?

— Qu'écologue, c'est un métier. C'est un scientifique qui étudie les relations que l'homme entretient avec la nature.

— Ah ! Moi je veux être écologue quand je serai grande !

— Très bien. Alors va vite faire tes devoirs.

Le lendemain, en retrouvant Thomas en classe, j'arborais un grand sourire et lui dis :

— Tu diras à ton père que quand je serai grande, je serai écologue ! Pas écologiste. Écologue, c'est un très beau métier car on étudie la relation entre les hommes et la nature.

— Ah bon. Je lui dirai. Mais donc ça veut dire que tu pourras rester avec moi, car tu étudieras comment je vis dans la nature avec mes moutons ?

120

— Peut-être, Thomas. Peut-être...

Je suis effectivement devenue écologue, et Thomas berger.

Je n'ai pas eu l'occasion de lui demander s'il était heureux du métier qu'il n'avait pas choisi, mais ce qui est certain, c'est que si j'avais été sa bergère je n'en serais pas là où j'en suis.

Kate s'est assise à côté de Maxime et passe ses doigts dans les cheveux du garçon. Maxime est pudique et par mon sourire je l'encourage à accepter ces gestes qui rendent la vie plus douce. Je suis loin de penser que la tendresse est l'apanage des femmes et je sais que ce n'est certainement pas le point fort de son père.

— Tu crois qu'il va réagir comment, papa, si Kate reste un moment ici ?

— Comme un père qui sera heureux pour son fils qu'il ait trouvé une fille de qualité, de surcroît une montagnarde ! Tu ramènerais une cagole à talons hauts, je pense que ce serait moins simple...

— Avec le sentier, y a pas de risque ! La cagole, elle serait restée à Fontcouverte !

Nous rions de bon cœur.

— Si vous êtes d'accord, on prend les jumelles et on monte voir la louve. Je n'aurai pas de nouveau client avant la fin de la semaine.

— Génial !

Nous avons passé trois jours sur la piste des loups. Nous n'avons vu Garou qu'une seule fois. Un jeune loup au pelage clair. Bien plus grand que la louve, il est puissant et beau, il a un regard presque vert.

Un soir où nous nous étions arrêtés pour voir le soleil se coucher au-delà de la Meije, Maxime me demanda de raconter à Kate une légende cherokee que je lui avais contée quand il était un adolescent :

— Un grand-père voulait expliquer à son petit-fils ce qu'était la vie et ils eurent cette conversation : « En moi se déroule un terrible combat entre deux loups, le noir et le blanc, commença le grand-père. Le noir est mauvais, il n'est que colère, envie, tristesse, regret, avidité, arrogance, culpabilité, mensonges, orgueil, sentiment de supériorité. L'autre loup est blanc : il est bon, et n'est que joie, paix, amour, espoir, sérénité, humilité, bonté, bienveillance, générosité, vérité, compassion. Ce combat terrible se passe aussi en toi, et à l'intérieur de chacun des hommes. » Le petit-fils réfléchit pendant une minute, puis demanda à son grand-père : « Mais, grand-père, lequel des deux loups va gagner ? » Le vieux Cherokee lui répondit simplement : « Celui que tu nourris. »

Alors que je prononce les derniers mots, je vois les larmes couler sur le visage de Kate. Maxime, doucement, lui prend la main et la serre, puis pose ses lèvres sur ses yeux mouillés.

— C'est une belle histoire, hein ?

— Oui. Elle me parle beaucoup. Moi aussi j'ai connu ces combats intérieurs. En grandissant, j'en ai voulu à ma mère d'être plus souvent sur

122

l'océan qu'à la maison. J'ai fréquenté tout ce que Londres compte de lieux alternatifs et joué avec les limites. Mon attitude était autant de cris que ma mère n'entendait pas jusqu'au jour où elle reçut un appel du lycée pour lui indiquer que j'étais hospitalisée pour des troubles du comportement alimentaire… « Anorexie », ça s'appelle.

Je vois au regard de Maxime qu'il ne connaît pas cette facette de l'histoire de son amoureuse. Je regarde Kate et lui souris pour l'inviter à poursuivre.

— Tout d'abord, maman ne parvint pas à comprendre que l'anorexie était une maladie aussi réelle qu'une luxation du genou. Elle pensait que je manquais de volonté et qu'il suffisait que je me botte un peu les fesses pour retrouver l'appétit.

— Il est très difficile pour des tempéraments comme celui de ta mère d'admettre que leur propre fille a pu perdre un jour le désir de vivre. Car c'est bien de cela qu'il s'agit, non ?

— Oui, j'avais le sentiment que jamais je ne serais au niveau de mes parents, de leurs engagements, de leur force physique et mentale. Comme si je n'étais pas digne d'être leur fille.

— Et que s'est-il passé pour que ton goût de la vie revienne au point d'être aujourd'hui aussi rayonnante ?

— Beaucoup de travail sur moi, mais aussi une rencontre. Dans l'hôpital où j'étais soignée pour mon anorexie est un jour arrivée une jeune femme avec qui j'ai partagé ma chambre. Elle s'appelait Lucy. Lucy était atteinte d'une maladie génétique dont elle savait qu'elle ne guérirait pas. Ses muscles s'atrophiaient et son séjour à l'hôpital devait lui permettre de trouver un traitement adapté à la douleur qui se faisait de plus en plus vive. Jamais je n'ai vu Lucy se plaindre. Mais pendant dix jours elle m'a demandé de lui raconter les voyages que j'avais faits, la traversée de l'Atlantique avec maman, les randonnées en montagne avec papa, mon premier petit sommet dans le Vercors… Elle à qui le fait même de respirer demandait un effort m'écoutait avec des étoiles dans les yeux. Lucy n'a jamais émis aucun jugement sur ma maladie. Mais chaque jour qui passait me renvoyait au visage le privilège que j'avais. Moi, je pouvais guérir. Je devais absolument guérir, pour Lucy, pour toutes les Lucy du monde qui le quittent alors qu'elles auraient rêvé d'être avec nous ici dans cette vallée, à suivre la piste des loups. Ce fut alors comme un déclic. Oh, ce ne fut pas facile car ma maladie était bien là, mais j'ai petit à petit mis des mots sur mes besoins, appris à les dire aussi, sans véhémence, sans attendre non plus de ma mère plus qu'elle ne pouvait donner. Étant même capable de gratitude pour ce que j'avais reçu d'elle.

— Tu sais ce que Lucy est devenue ?

— Oui. Avant de venir faire mon pèlerinage ici je suis passée la voir. Elle a un appareil qui l'aide à respirer mais son regard est toujours aussi vif. Je lui ai montré sur une carte où j'allais. En grimpant à l'aiguille Noire j'ai souvent pensé à elle. À cet éclat qui brille dans sa pupille.

Maxime enlace Kate. Le soleil s'est couché et nous laissons la nuit déposer une à une les étoiles dans le ciel.

Il n'est pas donné à tout le monde, le goût de la vie. Pour certains, c'est un choix de chaque jour, parfois même un calvaire qui s'éternise, pour d'autres un combat pour ne pas en perdre une miette, et pour le plus grand nombre, la vie n'est qu'un simple acquis, un état habité sans conscience. Je perçois combien Kate a dû nourrir son loup blanc pour devenir ce qu'elle est aujourd'hui. Mais je mesure aussi à quel point le loup noir peut revenir dans une vie, d'abord sur la pointe des pieds, avant d'occuper toute la place.

Mon loup blanc n'a cessé d'être alimenté par mes parents mais aussi par tous ceux avec qui j'ai grandi ici. Je l'ai cru fort, mon loup blanc, assez fort pour résister aux tentations qui sont apparues en rejoignant la ville, à l'orgueil qui nous a poussés, Paul et moi, dans une compétition à qui prouverait qu'il était le meilleur. Le loup noir n'était pas Paul, ce serait trop facile. Cela ne marche pas ainsi. Le combat entre le loup noir et le loup blanc est un combat qui se gagne seul. Entre soi et soi. Dans cette citadelle intérieure où les oubliettes sont à deux pas de la salle de bal, et les guitares des baladins accrochées dans la pièce voisine des cuirasses et des épées.

Je trouve qu'il est plus difficile d'élever un loup blanc en ville. Moi-même je m'y sens vulnérable et je ne cesse de fréquenter la salle d'armes pour me protéger et devenir insensible à toutes les petites choses qui m'entourent, belles ou fragiles, subtiles ou rares. Dans la nature, je ne perçois pas de méchanceté, d'agression contre laquelle me défendre. Bien au contraire, la montagne me fait danser dans une salle de bal décorée par les cimes enneigées et des bouquets de fleurs sauvages. Quand les conditions météo sont mauvaises ou qu'un passage est difficile, je n'ai pas à enfiler une cuirasse pour résister mais, au contraire, je dois être le plus souple et légère possible, chercher la précision et la concentration, affiner chaque geste, doser mon énergie. C'est tout le contraire de la force ou de la brutalité que requiert la montagne.

Kate est repartie en Angleterre en faisant la promesse de revenir bientôt. Maxime me dit qu'il ira la voir après sa formation à Chamonix.

Le réveil du printemps se fait sentir chaque jour davantage. Les mélèzes se couvrent de chatons rouges et jaunes. L'arbre, symbole de la force tranquille, possède à l'extrémité de chacune de ses branches des épines plus douces qu'une caresse, un vert si tendre que l'on pourrait le croquer. Dans ses branches, le chant de la mésange boréale rivalise avec celui du roitelet ou du bec-croisé. La chevêchette ponctue la nuit de son hululement et je sais que je verrai bientôt le cincle plongeur remonter la rivière et plonger sous l'eau où il établit son nid, à l'abri d'un rocher, bien au sec !

Mais celui qui signe le début des amours, c'est le grand tétras. Son *toooc... toooc* commence avant même que l'aube s'annonce. « C'est l'esprit de la nuit qui appelle le jour », nous dit un poète russe. Il commence sa parade pour attirer sa femelle et se laisse voir à qui est prêt à prendre du temps à l'affût dans la forêt. Si j'avais été une femelle tétras, j'aurais succombé, assurément !

Je décide d'aller passer la prochaine nuit à la belle étoile, au bord du lac du Laramon.

Je cherche à réveiller la part sauvage qui est en moi pour vivre à l'unisson de la nature. Considérer que j'en suis et non que je la regarde de l'extérieur comme si je devais m'en extraire ou la combattre.

En ville, il y a un sentiment de toute-puissance. L'impression que tout est maîtrisé. Depuis la température de la maison, le flux de la circulation, la lumière qui ne cesse d'éclairer les rues de nuit comme en plein jour, jusqu'aux aliments du monde entier disponibles en toutes saisons. Cette impression de domination totale est pourtant une grande illusion. Un ami m'avait indiqué qu'il suffisait de quelques jours de blocage des accès routiers à Paris pour affamer toute la population de la capitale.

Il n'y a pas plus confortables que les rives du Laramon, qui sont dignes du meilleur des matelas, ni trop mou ni trop ferme... J'enfile mon duvet, regardant le soleil embraser les sommets avant de disparaître après un dernier filet rose pour souligner les crêtes des Écrins.

Je me laisse prendre dans les bras de la nuit. La nuit n'est pas noire, elle est faite d'ombres et de lumières ; et, si l'on ferme les yeux, de l'odeur des feuilles, du sol encore tiède de la terre chauffée au soleil, de bruits inconnus, ou jamais vraiment écoutés. Allongée à même le sol je sens ma poitrine se lever vers le ciel avant de se poser au sol, j'entends résonner le battement de mon cœur dans la terre et comprends pourquoi chacun de nos pas résonne sur la toile tendue du tambour du monde alors que le bitume rompt le lien entre l'homme et sa terre mère.

« Pachamama » comme la nomment les Indiens quechuas. La terre mère...

À celui qui n'entend plus son cœur battre, ses poumons se vider et se remplir, son sang couler dans les veines, je propose l'aventure d'une nuit à la belle étoile. La nature sauvage n'est pas seulement à l'autre bout du monde, elle est à notre portée. Un « sauvage » qui englobe tout ce qui nous est inconnu, pas familier, qui nous conduit aux portes d'un autre monde. Ce monde peut avoir la taille d'une fourmilière ou celle des grands parcs nationaux. « *Wilderness* », les Anglais ont ce nom qui ne possède pas son équivalent en français. La *wilderness* recouvre non seulement un univers de nature mais aussi une attitude, un comportement, une posture qui mêle intimement l'homme à la nature dans un rapport singulier d'apprentissage et d'aventure.

Le film *Into the Wild* décrit bien cet espace où l'humain est invité à une quête intérieure qui passe par une confrontation avec les grands espaces, les terres sauvages, les canyons et les rivières, les forêts et les montagnes, le très vaste, le très haut, là où chaque respiration donne le sentiment d'avaler un morceau du ciel.

De même que l'on considère comme obligé pour chaque jeune le passage du permis de conduire, je crois qu'il y aurait à offrir à chacun d'eux la possibilité de vivre l'expérience initiatique de quelques nuits en pleine nature.

Depuis mon retour dans la Clarée, je suis remise à ma place. Une parmi le tout. C'est bien cela ma quête, ne pas chercher à dominer le tout mais en être. Épouser le mouvement de la vie, comme une feuille d'érable flotte sur le dos de la Clarée, accompagnant la rivière. Ne pas chercher à remonter le courant quand il est trop fort, sentir la vague et danser contre elle. Pour cela il faut que je réapprenne à sentir, à voir, à écouter mon cœur battre contre la terre.

J'ai reçu un appel du ministère. Ma démission est refusée.

Ma révélation étant intervenue rapidement, aucun dommage majeur n'a été commis puisque le Greenstop n'a pu être commercialisé. J'ai aussi reçu plein de témoignages d'amitié de la part des associations de protection de la nature qui n'ont pas oublié mon combat contre l'*Erika* et ont apprécié que j'affronte la vérité en face en avouant mon erreur.

129

Une nouvelle fois je constate qu'il n'y a rien de plus simple que la vérité, même quand son chemin semble de prime abord bordé d'épines.

Je pense à Félix. « Toutes les vérités ne sont pas bonnes à dire » est une phrase qui appartient au registre de Paul. C'est sous l'influence de cette affirmation que j'ai gardé sous silence le secret de Félix. Avec le temps, j'ai vu Paul confondre ses mensonges avec la vérité. Moi je n'y parviens pas et le défaut d'intégrité se transforme sous mon pied en une épine de plus en plus douloureuse.

Je ne me sens pas prête à reprendre mes fonctions à l'Agence de la sécurité sanitaire. J'ai demandé une disponibilité, jusqu'en septembre. J'ai besoin de préciser à quoi je veux consacrer ma vie. Où je peux être utile.

Il y a l'histoire que l'on se raconte et celle que l'on vit. Je veux que ma vie retrouve le fil de celle que je me racontais enfant quand je montais à cru de petits chevaux en me prenant pour une Indienne.

Je veux passer l'été ici mais j'ai demandé à Pasco de faire ma part. Un jour sur deux, c'est moi qui tiendrai le refuge. Au début il a eu un peu de mal à me confier sa cuisine mais maintenant ça va mieux.

Depuis mon arrivée, il y a un mois, je ne suis descendue qu'une seule fois au village. Je dois veiller à ne pas devenir totalement misanthrope en restant ainsi assise sur le rebord du monde.

Heureusement, il y a du passage. Tenir un refuge en montagne n'est pas qu'une affaire d'hôtellerie mais c'est d'abord de cela qu'il s'agit. Les refuges d'aujourd'hui ont beaucoup changé en quelques années. La clientèle demande du confort, moins de promiscuité, une literie correcte et une restauration qui, sans être gastronomique, doit être de qualité.

Dans la vallée de la Clarée, chacun des refuges a son caractère, et il dépend grandement du propriétaire ! La journée commence souvent vers cinq heures, il faut servir le petit déjeuner pour ceux qui partent faire de longues courses en montagne. La table restera dressée jusqu'à neuf heures. Ensuite, il faut nettoyer les chambres et préparer les menus des randonneurs qui passent dans la journée pour manger ou simplement boire un verre. Entre quinze et seize heures il y a un court temps mort avant l'afflux de ceux qui font une halte en redescendant puis l'arrivée des hôtes de la nuit suivante pour qui il faudra cuisiner le repas du soir. Normalement, à vingt-deux heures, c'est l'extinction générale des feux. J'ai pris l'habitude de dresser la table du petit déjeuner avant d'aller me coucher pour gagner quelques minutes de sommeil le matin.

L'ambiance du refuge est toujours très joyeuse car ceux qui y passent sont en vacances et concourent à qui racontera la plus belle aventure alpine ou la meilleure blague. Malgré l'altitude, parfois ça ne vole pas très haut ! Hier encore c'étaient des ornithologues. Quelques-uns me connaissaient de réputation et j'ai été de nouveau obligée de raconter les grands faits d'armes de la LPO, de l'opposition à la chasse à la palombe dans les Landes, aux campagnes pour démazouter les oiseaux sur les plages bretonnes lors du naufrage de l'Amoco Cadiz.

Quand je regarde en arrière je constate avec regret que le temps a toujours donné raison aux écolos, mais qu'ils n'étaient jamais entendus lorsqu'ils tenaient lieu de lanceurs d'alerte.

En visitant la grotte Chauvet j'ai été profondément émue par l'expression artistique de ces hommes qui, avec un talent qui n'a rien à envier aux peintres qui leur ont succédé, exprimaient leur rapport à la nature. Ils étaient DE la nature. Elle était un tout dans lequel ils étaient à place égale avec le lion, le cheval ou le cerf. Leurs peintures sont l'expression d'une civilisation naissante. Faire alliance avec la nature était nécessaire à la survie.

J'ai aujourd'hui le sentiment que le XXᵉ siècle nous raconte l'histoire d'une « désalliance » ou d'une alliance avec la nature désormais considérée comme optionnelle. Notre orgueil nous aveugle. L'écologie ne peut s'appréhender que sur un temps long, or je perçois bien que le court terme gagne à tous les coups. Nous construisons encore des tours de Babel alors qu'il faudrait de nouveau préparer des arches de Noé.

Avant de me coucher, je regarde la vallée par la fenêtre. Ce petit monde me donne l'illusion d'être protégée. « Sois le changement que tu veux voir pour le monde »… Je m'accroche aux mots de Gandhi pour accompagner mes paupières qui se ferment et la nuit qui m'emporte.

Ce matin, je ne suis pas réveillée par le soleil contre la fenêtre mais par des cris. Une engueulade assez virile dans laquelle je reconnais la voix de Maxime. Lorsque j'ouvre ma fenêtre je ne vois que le haut du béret de son interlocuteur et les longs cheveux blonds et bouclés qui en sortent. Ce dernier porte un fusil en bandoulière, et un gros patou blanc est assis à ses pieds. Je passe une polaire et un pantalon et décide d'aller voir ce qui se passe. Je sors de la maison et peine à reconnaître mon compagnon de jeunesse. Le gamin qui voulait que je sois sa bergère…

— Bonjour, Thomas !

Le berger ne peut masquer son émotion en me lançant un « b'jour Ana » timide.

— Vous en faites du vacarme. Qu'est-ce qui se passe ?

Thomas, qui semble s'être remis de sa surprise initiale, change de ton :

— Te mêle pas d'ça, Ana !

— Cet imbécile a vu des traces de loups et s'est mis en tête d'aller les tuer avant de sortir ses moutons.

— T'es sûr que c'est un loup ?

— Pas qu'un, y en a plusieurs !

— Mais tu sais que tu n'as pas le droit, Thomas.

— T'en mêle pas j't'ai dit. Ras l'bol des écolos qui nous donnent des leçons.

133

— Dis-moi, tu as bien changé...

Je ne reconnais plus l'ami, le jeune berger, l'amoureux de la montagne qui n'était pas le dernier à faire des blagues quand nous étions ados. Je regarde Thomas dans les yeux. Se peut-il que l'un comme l'autre soyons devenus si différents au point que cette amitié, que nous chérissions tel le plus beau des trésors, ne soit plus là pour attendrir nos regards.

Maxime s'est mis en travers du chemin pour joindre l'action à sa parole.

— Si tu fais un pas de plus avec ton fusil, j'appelle la gendarmerie.

— Nouche, viens !

Thomas appelle son chien et fait demi-tour. Je le regarde s'éloigner d'un pas qui ne masque pas sa colère. Je suis triste de ces retrouvailles où je réalise brutalement combien j'ai perdu le contact avec ma vallée au point d'avoir cessé de nourrir également la relation avec ceux qui avaient été de mon premier cercle, avec qui j'avais forgé ce socle de valeurs fondamentales pour m'engager dans ma vie d'adulte. On ne devrait jamais oublier ceux qui ont partagé nos rêves d'enfant. Ils sont nos garde-fous, ceux avec qui l'on ne peut pas tricher, ceux qui nous ont connus alors que nous étions comme un morceau de bois brut. Ils peuvent mieux que quiconque nous ramener à la source de nos élans véritables, de nos intuitions rebelles, de notre générosité profonde.

— T'as vu comment elle s'appelle, sa chienne ?

134

— Oui. Nouche...

— Nouche. Pour Nanouche... Il t'a jamais oubliée, lui...

— C'est triste de le voir comme ça.

— Oui. Mais faut comprendre. Y a cinq ans, il a perdu près de cent bêtes. Elles étaient dans les alpages de Buffère. À la tombée de la nuit il a vu des ombres sombres courir derrière le troupeau. La clôture du parcage a cédé sous la panique des bêtes qui étaient attaquées. Toutes les brebis ont couru vers la falaise du Bois noir et se sont précipitées dans le vide, comme des moutons de Panurge. Le lendemain matin, deux chiens errants ont traversé le village, la gueule en sang. Tout le monde sait que ce sont eux qui ont attaqué les moutons mais Thomas n'a jamais voulu en démordre. Pour lui, c'étaient des loups. Le vétérinaire est venu constater la mort des moutons et a déclaré qu'il s'agissait probablement d'une attaque de loups. C'est de l'hypocrisie. Les éleveurs ne sont pas indemnisés si ce sont des chiens mais ils touchent entre quatre-vingt-dix et cinq cents euros par tête si c'est un loup. Il y a un barème qui fixe le prix pour chaque type de mouton suivant son âge, son sexe, sa fonction dans le troupeau, etc. En plus, le berger touche cinquante centimes par tête de son troupeau au nom du stress généré par une attaque. Du coup, pour acheter la paix des alpages, toutes les attaques sont mises sur le dos du loup. Ça entretient le mythe du grand méchant loup et du Petit Chaperon rouge et pendant ce temps-là, du côté italien, on voue un culte aux loups.

— On n'a pas les mêmes légendes des deux côtés des Alpes… Pour les Italiens, c'est une louve qui a allaité Rémus et Romulus. C'est le mythe fondateur de Rome. En tout cas, elle est belle, sa chienne.

— Oui. Elle a grandi dans le troupeau, au milieu des moutons. Il paraît que c'est la technique utilisée pour en faire des chiens capables de lutter contre les loups. Il faut que la chienne croie qu'elle est un mouton parmi les moutons. Du coup, au moindre étranger qui approche, elle attaque. Y a eu comme ça plusieurs accidents avec des randonneurs. Les patous sont aussi financés par l'État.

Je vais aller rendre visite à maman car j'ai envie qu'elle vienne passer une semaine ici, en juin. Maxime boucle son sac et s'apprête à rejoindre l'ENSA de Chamonix pour son dernier mois de cours théorique. La grande école de l'alpinisme nous est enviée par le monde entier et la Compagnie des guides de Chamonix reste le lieu de formation de nos héros des temps modernes.

— Je suis content que tu restes avec papa. Quand je reviendrai, ce sera avec Kate.

— Ah bon… Alors c'est un peu sérieux ?

— Un peu…

Je me mets sur la pointe des pieds pour claquer deux bises à ce beau gaillard amoureux.

136

— Travaille bien. Et révise tes odonates !

— Et toi, fais bien la cuisine...

Je rejoins le gardien du refuge dans son antre qui porte le nom de « chambre des cartes » suivi d'un écriteau « entrée interdite » accroché à la même porte. La chambre des cartes est en réalité le bureau de Pasco. Elle doit son nom à cette pièce dans laquelle revient régulièrement Aldo, le héros du *Rivage des Syrtes*, lors de son séjour dans la forteresse de l'Amirauté, au fin fond d'une province perdue de la seigneurie d'Orsenna. La chambre des cartes a la même fonction pour Pasco que pour Aldo, elle est le lieu du voyage immobile, où l'imaginaire est invité à s'exprimer, l'esprit à se nourrir, les mots à s'appuyer sur toute l'épaisseur de l'histoire.

La pièce est toute petite, composée d'une table, d'une chaise et d'une bibliothèque. La table est devant une fenêtre qui regarde vers le haut de la vallée. Sur le mur, deux photos anciennes représentent le père et la mère de Pasco et une grande carte au un vingt-cinq millième donne un aperçu de toute la vallée. La carte est annotée avec de multiples dates accolées au nom de chaque sommet. Ce sont celles de ses premières ascensions. Sur la table : un plumier, un sous-main en cuir, un ordinateur dont on ne voit que l'écran tellement le cadre est couvert de Post-it, et un joli portrait de Siloé présenté dans un cadre en argent.

La bibliothèque comporte des rayonnages de cartes classées par continents, vestiges des

137

voyages du guide de haute montagne, et des livres. Je parcours du doigt le dos des ouvrages et c'est tout un imaginaire associé à un univers de valeurs qui se dessine : *L'Almanach d'un comté des sables* d'Aldo Leopold, le *Journal* de Henry David Thoreau, *La Cause humaine* de Patrick Viveret, *Vers la sobriété heureuse* de Pierre Rabhi, *Terre des hommes* de Saint-Exupéry, *L'Homme qui plantait des arbres* de Jean Giono, *La Ferme africaine* de Karen Blixen, *Croc-Blanc* de Jack London, *Printemps silencieux* de Rachel Carson, *Les Nourritures terrestres* d'André Gide, *Sur les chemins noirs* de Sylvain Tesson, *Le Livre de la jungle* de Kipling, *La Rivière du sixième jour* de Norman Maclean... Et bien entendu, *Le Rivage des Syrtes* de Julien Gracq.

J'ai l'impression de voir la bibliothèque de papa et j'en suis émue.

Pasco s'est retourné, un livre posé devant lui.

— Je présume que tu les as tous lus ?

— Beaucoup, oui.

— Alors ça vaut la peine de les relire ! Parfois les plus anciens sont saisissants d'actualité. Écoute un peu ça : « L'Américain type consacre plus de mille cinq cents heures (soit quatre heures par jour) à sa voiture. Cela comprend les heures qu'il passe au volant, en marche ou à l'arrêt ; les heures nécessaires pour la payer et pour payer l'essence, les pneus, les péages, les assurances, les contraventions... À cet Américain, il faut donc mille cinq cents heures pour faire, dans l'année, dix mille kilomètres. Six kilomètres lui prennent une heure. Dans les pays privés d'industrie des transports, les gens se déplacent exactement à cette vitesse en allant à pied, avec l'avantage supplémentaire qu'ils peuvent aller n'importe où et pas seulement le long des routes asphaltées. » Édifiant, non ?

— Oui.

— Ivan Illich, *Énergie et équité*, 1973. La bagnole aura vraiment été un grand fléau ! Elle aura bitumé des hectares de terre, modifié le rapport au temps, pollué la planète, et exacerbé la compétition entre les individus. C'est à qui aura la plus grosse, la plus belle, qui roulera le plus vite...

— Le problème n'est jamais l'outil mais l'usage. Einstein n'est pas celui qui a balancé une bombe sur Hiroshima, il a juste inventé la théorie qui a permis de créer la bombe. Le couteau qui coupe ta pomme est aussi celui qui peut tuer. Le problème reste l'homme et sa conscience. Son éducation, son sens de l'autre et du bien commun. Quand tout cela disparaît il ne reste que la part d'ombre, les instincts primaires, égoïstes, un homme loup noir...

— Tu as raison. Mais la conscience aussi, ça se travaille, ça se nourrit, on peut y faire fleurir des prairies ou brûler des pneus.

— Je sais... C'est pour les prairies que je suis là !

7

Les murmures du rêve

Il a suffi d'une journée bien chaude pour faire disparaître les vestiges de l'hiver dans les alpages. S'il est une expérience à vivre pour celui qui a du vague à l'âme, c'est bien celle d'assister à l'éclosion du printemps dans un alpage de montagne. Impossible de résister. Les forces de vie sont partout et le grand aquarelliste du monde expose chaque année un tableau de plus en plus sublime.

Chaque détail est soigné. La base est toujours la même : le fameux bleu des Hautes-Alpes dans le haut de la toile, des sommets qui resteront blancs une bonne partie de l'été et qui tutoient le ciel, une partie basse d'un vert tendre et des filets d'argent qui jaillissent des flancs des montagnes.

« Tu tiens la flamme entre tes doigts et tu peins comme un incendie », avait dit Paul Éluard à Picasso. Guernica est bien loin de la Clarée et sans doute est-ce de l'eau vive qu'Éluard aurait trouvée entre les doigts du peintre si celui-ci avait posé son chevalet dans la montagne.

141

Les premières fleurs sont les perce-neige et portent bien leur nom. Les jonquilles et les crocus sortent dans les zones plus humides. Les prairies vont ensuite pousser à vive allure et ce sont des centaines de variétés de végétaux qui composeront le bouquet des mois de juin et juillet.

Aux quatre coins du monde, le printemps produit le même effet. Il est le temps du renouveau. À la façon d'une jeune fille qui trie sa garde-robe, il laisse choir les restes de l'hiver et raconte à qui sait l'écouter une histoire sensuelle et vivante qui vous prend dans les épis des herbes folles, vous invite à mettre les pieds nus dans l'eau du torrent, à vous étendre dans la prairie pour suivre la course des nuages.

Je me sens prise dans ce printemps-là ! Je m'y colle avec la ferme volonté d'accrocher ses fleurs à mes jupes. Je m'allonge dans les herbes hautes, les bras en croix, comme pour enlacer le printemps. La tête à même le sol, à l'ombre du parasol en dentelle des ombellifères, mes cheveux se prennent aux épis des graminées, comme si elles allaient me faire des tresses. J'entends le son du petit monde, du minuscule. La fourmi ne tarde pas à grimper sur ma main, la coccinelle à se poser sur la tige verte qui se balance devant mes yeux, la mouche à venir boire à la sueur de mon front. Je chasse la mouche, qui s'envole et se repose ailleurs, sur ma joue, mon bras, mon genou. J'aime la mouche têtue. Son ballet sonore est une signature de l'été.

Les sauterelles sont les acrobates du petit monde. Elles ne cessent de passer devant mes yeux comme d'agiles voltigeurs. Savent-elles qu'elles m'impressionnent ? Que je les envie de pouvoir ainsi s'élancer à foison sans craindre jamais la chute ! Je voudrais être sauterelle si un jour je me réincarne dans le monde de la prairie. Une gentille sauterelle, pas celle des dix plaies d'Égypte qui ravage les récoltes.

Les chardons bleus et les gentianes sont les gratte-ciel du petit monde. Le chardon, avec toute la virilité de ses piquants, n'en est pas moins l'hôte de nombreux hyménoptères et autres butineurs. La racine de gentiane est prisée pour faire des liqueurs qui sont, avec le génépi, parmi les grands classiques des Alpes. Sa longue tige ornée de coupelles qui accueillent ses fleurs jaunes ressemble à ces présentoirs à gourmandises que l'on trouve dans les salons de thé des beaux quartiers. Je crois que si j'étais une sauterelle, j'élirais domicile à la plus haute des coupelles d'une gentiane. Ainsi je surveillerais le petit monde et pourrais voir la lumière faire vibrer les herbes hautes.

Chez les naturalistes, j'ai toujours eu un petit faible pour les entomologistes. Ces amoureux du petit monde compensent un peu l'attention générale essentiellement portée aux mammifères. Je suis frappée de constater qu'à cause de leur taille nous n'avons aucun état d'âme à écraser entre nos doigts une fourmi ou à aplatir une mouche contre une fenêtre alors que

ces animaux ne nous font jamais rien de mal...
Meurtriers du minuscule. Quel courage ! Et si
nous imaginions que la fourmi se transforme en
vache entre nos deux doigts...

Aux Pananches nous avions une safranière.
Un grand rectangle de cent mètres carrés où
maman avait planté des bulbes du fameux
Crocus sativus (crocus des Alpes) pour cultiver la
précieuse épice. C'était sa fierté. Au printemps,
nous ramassions les fleurs avec délicatesse, à
la main. Puis nous étendions un drap blanc
sur la grande table de ferme. J'ai encore l'image
des paniers de fleurs mauves que nous déver-
sions sur le drap immaculé. Enfant, j'avais le
sentiment qu'il s'agissait d'une cérémonie sacrée.
Je n'avais pas le droit de toucher aux fleurs car
j'étais trop petite. Puis vint le jour de ma première grande fierté. De ces jours qui restent à
jamais au calendrier d'une vie. J'avais neuf ans.
Maman avait ajouté un tabouret près d'elle et
m'avait donné une paire de tout petits ciseaux.
Au cœur de la fleur, il y a trois pistils rouges. Ce
sont ces trois minuscules tiges qu'il faut couper
au pied avant de renverser la fleur tête en bas
pour les recueillir. Nous avions chacun devant
nous un petit tas rouge et précieux. Plus tard,
alors que je devais avoir onze ans, j'avais fait
remarquer à mes parents que j'avais réalisé le tas
le plus gros. Je me souviens encore des mots de
papa : « Et alors ? Le safran, c'est un trésor que
nous offre le printemps. Pas une compétition ! »

Il existe un petit héros de la montagne digne de la légende amérindienne du colibri, c'est le casse-noix moucheté. Un oiseau pas plus gros qu'un brugnon avec un plumage brun ponctué de petites taches blanches. C'est lui qui est à l'origine des pins à crochets qui semblent pousser à même le rocher. Durant tout l'été il remplit de pignons ses greniers à grains qui lui permettront de subsister durant l'hiver. Chacune de ses réserves se trouve au pied d'un rocher suffisamment gros pour qu'il puisse continuer de le repérer quand toute la montagne sera recouverte de neige. Il va alors visiter ses garde-manger, mais comme il a prévu large, il reste toujours quelques pignons qui vont germer à l'arrivée du printemps. Des arbres aux formes de crochets grandissent ainsi en épousant d'abord la forme du rocher avant de pointer leur tête vers le ciel. Parfois ils poussent même dans une faille de la pierre, les racines utilisant un chemin mystérieux pour rejoindre la terre. Le cincle plongeur dans les ruisseaux et le casse-noix moucheté dans les forêts de pins sont les premiers oiseaux que j'ai dessinés dans mes carnets tellement je les trouvais incroyables ces deux-là !

J'ai souvent un sentiment d'urgence devant le nombre d'espèces que nous ne connaîtrons jamais car elles auront disparu avant même que nous les ayons identifiées. Sur près de neuf millions d'animaux, de plantes ou de champignons, seul un million deux a été identifié et nommé par les fameux chercheurs de muséum dont se moque Maxime. Quatre-vingt-six pour cent du monde naturel reste inexploré ! C'est passionnant et un peu effrayant aussi car nous ne mesurons l'impact de notre développement que sur une minorité d'espèces que nous connaissons suffisamment bien. Et parmi elles, déjà un tiers est menacé d'extinction !

En proportion, nous sommes comme Christophe Colomb à la veille de découvrir l'Amérique sauf que nous savons déjà qu'en y mettant le pied nous allons détruire une grande partie de ce qui s'y trouve. L'an dernier, alors que nous connaissions six mille espèces de libellules, soixante petites nouvelles ont été identifiées et nommées. En les nommant nous les avons fait exister pleinement et nous avons désormais la responsabilité de les protéger encore plus car elles ne sont plus des inconnues !

— Dis-moi, Nanouche, t'as pas oublié qu'il y a Pierrot et sa classe qui viennent à midi.

— Oui...

— En voilà un drôle de oui !

— Ben tu sais bien. Ça va me faire drôle. Cela fait si longtemps ! Jamais je n'aurais cru qu'il reviendrait s'installer ici. Et puis... C'est pas si simple, Pierrot.

— L'eau a coulé dans la vallée depuis le temps... En tout cas tout le monde est ravi ici ! Les parents comme les enfants ! C'est un super instituteur !

Pierrot fut mon premier homme, mon premier amour vraiment sérieux, il fut même plus que cela… En faisant d'un ami un amant, on prend toujours un risque… Aimer toute sa vie un ami est une promesse plus facile à tenir que celle d'aimer toute sa vie son amoureux.

En le quittant, je lui ai laissé une part de moi que je n'ai plus jamais retrouvée ensuite.

Mon père aimait aussi beaucoup Pierrot. C'était le seul de mes amis avec lequel il avait de longues conversations. Ils refaisaient le monde ensemble. Papa aimait la générosité de Pierrot et ce dernier trouvait que mon père était un puits de savoir. Ce qui est vrai. Papa n'était pas seulement un médecin remarquable mais aussi un géopoliticien qui savait mettre en parallèle ce que nous vivons aujourd'hui avec des grands épisodes de l'histoire avec un grand H. « L'histoire ne prédit pas l'avenir mais elle permet d'éviter de tomber deux fois dans le même trou » était une phrase qui résumait bien sa posture intellectuelle.

Je ne suis pas surprise que Pierrot soit un super maître d'école. Il a toujours été un garçon doux mais aussi très structuré et déterminé. Au sein du Club des cinq il était le leader naturel. Non pas un chef désigné, mais il avait une autorité mêlée de sagesse qui conduisait le groupe à se tourner vers lui pour connaître son point de vue quand il fallait trancher entre deux itinéraires en montagne, un risque météo qui pouvait menacer une course, ou tout simplement un arbitrage entre une virée en Italie ou dans les calanques de Cassis, où nous aimions grimper en hiver.

147

— Les histoires de filles compliquent bien les choses en montagne mais sans les filles, comme elle serait triste, la vie !

— Ça, c'est une belle parole de macho, Pasco ! Je te félicite ! Tu ne crois pas qu'on pourrait dire exactement l'inverse en remplaçant les filles par les gars ?

— Écoute, j'ai jamais été super féministe mais en attendant, je fais la bouffe, la lessive, et j'ai élevé Max seul. Seules les preuves comptent, non ?

— Comme en amour : les mots sont emportés par le vent.

C'est toujours le problème du premier amour ! Comme son nom l'indique, il y en a d'autres après. Mais comme il est le premier, il est important et fragile à la fois. Il peut être destructeur quand on tombe mal et que celui qui pose ses mains sur vous joue avec votre vulnérabilité ou ne s'en rend même pas compte ; ou fondamental quand il fait rimer l'amour avec la joie, l'insouciance, et qu'il donne le sentiment qu'il est puissant à en déplacer les montagnes !

Ce fut le cas avec Pierrot. Quand j'ai quitté la vallée pour mes études à Jussieu, lui-même est parti à Marseille en fac de maths. Nous nous étions promis de nous retrouver à Noël...

Une promesse que je n'ai pas tenue.

Je suis tombée amoureuse de Paul comme on reçoit la foudre.

Venant de mes montagnes, naïve mais ambitieuse, découvrant Paris comme d'autres New York,

148

j'ai succombé à Paul, qui semblait maîtriser tous les codes de la capitale, et m'a prise dans ses bras dans un tourbillon grisant !

Il était plus âgé que moi, j'ai senti qu'il allait me permettre de quitter rapidement mes habits de provinciale pour conquérir Saint-Germain-des-Prés. Paul avait le talent de raconter une belle histoire à laquelle j'avais envie de croire. Cette histoire qui raconte que rien au monde ne peut résister aux amants du Pont-Neuf, celui où, dix jours après avoir posé mes valises à Paris, il m'embrassait pour la première fois...

Pierrot, de son côté, a passé un doctorat de mathématiques puis, alors qu'il avait des propositions dans des grandes banques, il a choisi d'être prof. Prof en zone d'éducation prioritaire.

Et voilà qu'il est maintenant l'instituteur de Val-des-Prés. Peut-être succédera-t-il à Émilie Carles au panthéon des personnalités les plus célèbres de la vallée. Émilie Carles était elle aussi une institutrice. C'est son livre, *Une soupe aux herbes sauvages* qui l'a rendue célèbre. Un récit autobiographique où cette maîtresse d'école née en 1900 raconte la vie dans cette vallée mais aussi ses études à Paris et le combat dont elle prit la tête pour qu'une voie rapide ne vienne pas défigurer la Clarée. Ce livre a fait partie des lectures incontournables des soixante-huitards, au même titre que Kerouac ou Aldo Leopold. Une ode au bonheur des choses simples de la ruralité, à la convivialité des veillées autour de la cheminée, au pacifisme et à l'éducation. Émilie

149

Carles est devenue de son vivant une vedette et l'école primaire porte son nom.

Émilie est pour beaucoup si la vallée est devenue un territoire à protéger à tout prix. Un symbole alpin du même ordre que le Larzac pour le Massif central ou Plogoff en Bretagne. À chaque époque il y a des lieux qui deviennent des marqueurs d'une génération. Sivens et Notre-Dame-des-Landes porteront les couleurs des années 2010. Dans bien des cas la lutte est inégale, caricaturée : les forces du progrès contre les tenants du retour à la bougie. Il est tellement simplificateur de présenter ceux qui luttent contre le libéralisme, la financiarisation, la destruction des ressources comme des opposants au progrès. Comment peut-il y avoir de progrès sans que le bien-être de l'homme s'améliore ? À croire que seul le « bien-avoir » est devenu l'objectif. Quel progrès mérite que nous sacrifiions sur son autel la santé des hommes et des femmes, la mise au chômage de certains avec son sillage de drames familiaux, les burn out de salariés sous pression, un système scolaire qui laisse les plus faibles au bord du chemin et demande aux meilleurs de devenir des compétiteurs guidés uniquement par l'argent ? Certains pays comme le Bhoutan ou l'Islande ont récusé le produit intérieur brut comme indicateur de réussite. Ils l'ont remplacé par le bonheur intérieur brut. Vive le BIB ! C'est tout cela que porte en elle la démarche de Pierrot. Dans cette vallée le BIB doit avoir un très haut niveau !

Vingt-quatre écoliers à nourrir. Et un instituteur. Je fais un gratin dauphinois, prépare une salade verte et servirai un fromage blanc à la confiture de myrtilles en dessert. Je suis encore dans la cuisine quand j'entends les voix d'enfants se rapprocher du refuge. Une classe d'écoliers est la garantie d'un flot continu de paroles enjouées. Les enfants ont la chance de ne pas encore avoir intégré tous les filtres qui conduisent parfois les adultes à garder les mots de leurs émotions au fond d'eux-mêmes.

Autant Thomas a changé, autant Pierrot est resté le même. À croire que le côtoiement des enfants protège du vieillissement. Son visage est toujours ouvert, avec un sourire qui ne semble lui coûter aucun effort pour qu'il éclaire son visage. Ses yeux sont sombres et entourés de longs cils qui lui donnent un regard profond. Pierrot a été atteint d'une calvitie précoce et je l'ai toujours connu avec un bonnet marin vissé sur la tête. Il en a des blancs, des bleus et des rayés bleu et blanc.

— Bonjour, Ana. J'espérais que tu serais là. C'est la première sortie des enfants en montagne cette année. J'ai trouvé un bon prétexte pour venir te voir. Tu sembles aller mieux que les bruits de la vallée ne l'ont laissé entendre.

Décidément, Pierrot est inchangé : des mots choisis, énoncés calmement, sans détour, sans brutalité non plus. Ce qu'il a envie de dire est dit. À chacun d'en faire ce qu'il veut.

— Bonjour, Pierrot. En fait, moi aussi ça me fait plaisir de te voir. Pourtant j'appréhendais ce moment. Cela fait si longtemps...

J'installe les enfants à table et l'instituteur se met au milieu d'eux. Entre un petit garçon joufflu qui me semble être un Rondot, une famille de Val-des-Prés, et une blondinette avec ses deux couettes qui ressemble à Heidi avec sa petite chemise à carreaux roses et blancs. J'ai peur de ne pas avoir fait assez à manger, mais par bonheur il reste une cuillerée de gratin dans l'un des plats, juste ce qu'il faut pour me rassurer. À la fin du repas, alors que les enfants viennent me remercier un par un poliment, Pierrot me propose de venir avec eux voir les vautours de la Soubeyrane.

— J'ai repéré un nid juste à l'aplomb de Névache. On verra certainement des vautours fauves.

— Écoute, je ne sais pas. J'ai la vaisselle à faire. Et puis...

— Et puis quoi ?

— OK. Je viens.

La vérité rend libre... La simplicité aussi. Côté vérité, avec Pierrot, je sais que je ne suis pas encore prête, mais pour la simplicité pas de problème !

— En tout cas ils sont sympas tes gamins !

— Oui, c'est un âge en or où la parole de l'adulte est encore écoutée. Un âge où l'enfant est également ouvert à tout, prêt à tous les enthousiasmes, à toutes les aventures, intact dans sa capacité à rêver ou à être transporté dans tous les univers qui lui sont proposés.

— Ils ont de la chance, ces enfants.

— Tu sais, ici comme ailleurs tout n'est pas rose dans les familles. C'est aussi un âge où ils sont vulnérables. La parole du professeur vient compléter celle des parents. Parfois il faut compenser les mots qui manquent, les confiances abîmées, les blessures familiales. Mais l'école est un univers hors du temps. Un espace sacré que j'essaye de protéger.

Les vautours sont bien là. Pierrot sort cinq paires de jumelles de son sac à dos.

— Vous vous les faites passer les uns aux autres à tour de rôle. Les vautours sont donc des rapaces. Ceux que vous voyez sont des vautours fauves. À la différence du loup qui est revenu tout seul en France, les vautours ont été réintroduits à la fin des années 1990 dans le Vercors. Ce sont des charognards.

« Beurk », disent les enfants d'une seule voix.

— Ne dites pas cela. C'est très utile les charognards car ils nettoient la montagne de tous les gros animaux morts. Quand ils avaient disparu, les bergers étaient obligés d'emporter leurs moutons morts à l'incinérateur. Sinon ils risquaient de pourrir et de propager des maladies. Maintenant, les moutons sont mis sur des placettes de nourrissage où les vautours viennent les dépecer. Vous savez quels sont les autres vautours qui vivent dans les Alpes ?

153

Un enfant lève le doigt. Il me rappelle quelqu'un mais je ne parviens pas à savoir qui.

— Robin…

— Le vautour moine et le gypaète barbu.

— Super, Robin. Il en manque un ; le percnoptère que l'on appelle aussi le vautour d'Égypte. Chacun a un rôle dans le nettoyage de la montagne. Le vautour fauve déchire la peau et mange la chair. Il a un gros bec qui est fait pour cela. Le vautour moine, plus sombre, vient manger les viscères et tous les organes. Le percnoptère a un bec très fin et crochu, c'est lui qui nettoie les os de tous les ligaments. Enfin, le gypaète mange les os.

« Les os ! », « C'est pas possible ! », s'exclament plusieurs enfants.

— Si, il prend l'os dans son bec, se met en vol stationnaire au-dessus d'un rocher, et le laisse tomber pour qu'il se fracasse sur la pierre. Le gypaète vient manger les petits débris. Lui aussi avait déserté les Alpes mais il a été réintroduit en Haute-Savoie et désormais on en trouve sur tout le massif. On l'appelle le gypaète barbu car il a un petit bouc sous le bec. Un peu comme le papa de Nicolas…

Les enfants rient à l'unisson.

— Si vous regardez bien la falaise au-dessus du village, vous verrez un endroit où il y a de longues traînées blanches. Ce sont les fientes des vautours. Juste au-dessus se trouve le nid. Si tout se passe bien, dans quelques mois, il y aura deux ou trois jeunes qui prendront leur envol.

Les enfants se passent les jumelles et chacun signale qu'il a vu le nid comme s'il avait trouvé un trésor.

— Bon, on va pas tarder à redescendre mais avant, sortez vos goûters et buvez un coup.

Pendant que les enfants déballent leurs provisions, Pierrot me retrouve à l'écart.

— C'est qui le petit blond qui connaît le nom des vautours ?

— Robin, c'est le fils de Thomas.

— Ah… c'est pour ça qu'il me rappelait quelqu'un.

— Oui. Thomas a beau être devenu le chef de la rébellion anti-loup, il n'en reste pas moins un vrai naturaliste. Certainement celui qui connaît le mieux toutes les plantes de la montagne et leurs usages mais aussi le gagnant de tous les concours de pêche à la mouche dans la rivière ! Le petit marche sur les pas du père. Il voudrait être berger mais Thomas essaye de lui enlever ça de la tête. Il pense que c'est un métier trop dur.

— Tu as l'air heureux avec tes gosses.

— Oui. J'en pouvais plus de Marseille. J'ai été tellement heureux quand j'ai pu retrouver la vallée !

Je n'ose pas interroger Pierrot sur ses amours mais, comme d'habitude, il aborde la question de lui-même, simplement.

— Et puis y a eu Nadjet dont je suis tombé amoureux. Pendant cinq ans nous avons vécu notre amour en cachette mais le jour où j'ai voulu aller voir son père pour la demander en mariage, j'ai tout foutu en l'air. Le père a dit qu'il était hors de question que sa fille épouse un chrétien... J'ai eu un peu de mal à être assimilé aux cathos alors que je ne mets les pieds dans une église qu'aux mariages et aux enterrements. Nadjet n'a pas assumé de s'opposer à son père. Nous avons rompu et j'en ai souffert. Aujourd'hui je suis tranquille. Et c'est bien comme ça. Et toi ? T'as jamais remplacé Paul ?

— Non. Trop de boulot. Moi aussi, c'est mieux comme ça... Tu n'as jamais répondu à la lettre où je t'annonçais avoir rencontré Paul.

— Qu'étais-je censé répondre ?... Que j'étais triste ? Ne le savais-tu pas ? J'ai préféré le silence. Parfois il est plus fort que les mots, non ?

— Je ne sais pas.

— Tu attends toujours une réponse ? Vingt ans après ?

— Il y a des réponses que l'on attend toute une vie.

— C'est dommage. Ça passe trop vite une vie. Mieux vaut tourner les pages que de relire toujours les mêmes chapitres. Tu sais, Ana, y a rien de grave. Regarde. Nous sommes là. C'est peut-être l'essentiel.

— Oui. Avec le temps, je me suis souvent dit que je m'étais trompée plus que je ne t'avais trompé.

— Alors fais-moi plaisir et remercie cette vie de nous réunir de nouveau sous ce ciel. En tout cas, pour les gens d'ici, tu es considérée comme quelqu'un qui a réussi.

Je voudrais parler de Félix mais c'est trop tôt. J'ai envie de protéger ce moment où tout semble simple et facile.

Je vois un enfant qui mange du pain avec une barre de chocolat. Je ne pensais pas que cela existait encore. Je croyais que les gâteaux fourrés en sachet avaient détrôné le traditionnel goûter que me donnait ma mère, et ma grand-mère aussi. Du pain et du chocolat. Je sens encore le goût de la baguette fraîche dans laquelle on croque en répartissant le chocolat afin de ne jamais manger une bouchée sans trouver le goût du carré noir.

— Pierrot, tu te souviens de Rougon ?

— Oui. Bien sûr !

— C'était bien !

— Oui, mieux que bien !

Rougon, c'est un village accroché au-dessus des gorges du Verdon. C'est là que j'avais fait un stage avec la LPO après ma maîtrise. Je m'occupais d'une grande volière où je préparais l'envol de vautours moines pour qu'ils rejoignent les gorges du Verdon, où les vautours fauves étaient déjà venus s'installer en provenance des Baronnies. J'avais aussi une petite camionnette et je faisais le tour des éleveurs pour ramasser les cadavres de leurs moutons afin de les poser sur les trois placettes du massif. Pierrot était venu me rejoindre l'été et nous avons vécu nos derniers mois en amoureux dans un gîte de La Commanderie de Saint-Maymes, sur un plateau magnifique, digne d'un décor de Giono.

157

Je me souviens de la tombée du jour. Les vautours planaient en ombre chinoise devant les traînées mauves et roses d'un ciel en feu. À tout moment nous nous attendions à voir surgir Elzéard Bouffier, « l'homme qui plantait des arbres », pour nous raconter sa belle histoire de réconciliation entre l'homme et la nature.

Aujourd'hui, nous aurions bien besoin de Giono et de ses Contadouriens, ce mouvement d'intellectuels pacifistes qu'il avait créé sur un plateau de Haute-Provence, juste avant la Seconde Guerre mondiale.

Le plateau du Contadour et ses bergeries sont à l'image de la vallée de la Clarée, de l'Aubrac ou de la montagne de Lure ; ce sont des territoires où il est proposé à l'homme de faire une pause. Prendre le recul nécessaire pour distinguer l'accessoire de l'essentiel. Y choisir les combats à mener et ceux qu'il faut abandonner car ils sont vides de sens. Je vois bien combien j'ai pu m'épuiser en indignations multiples, militante à vif, toujours prête à monter aux barricades sans parfois déceler que je m'exonérais ainsi de m'attaquer à celles qui brûlaient en moi.

Relire sa vie nécessite du temps et des lieux propices à cet exercice. J'ai envie de reprendre le livre de mon histoire, y déceler les grands chapitres, les événements qui ont été des ruptures, des écueils ou des déclics, mettre en exergue mes grandes rencontres, celles dont je peux percevoir après coup qu'elles ont ensemencé la joie durable, celles aussi qui m'ont conduite vers des nuits agitées aux réveils avec la gueule de bois.

Les mêmes causes produisant les mêmes effets il est indispensable d'éviter les répétitions destructrices et de renouveler à l'infini celles qui font briller les yeux.

Surveille tes pensées, car elles deviendront des mots.

Surveille tes mots, car ils deviendront des actes.

Surveille tes actes, car ils deviendront des habitudes.

Surveille tes habitudes, car elles deviendront ton caractère.

Surveille ton caractère, car c'est ton destin.

Une petite carte avec ces mots de Lao Tseu n'a jamais quitté le bureau de papa aux Pananches. Je n'ai compris que tard le sens de ces mots.

— Allez, les enfants. Il est temps de redescendre ! Vous dites au revoir à Ana.

— Au revoir, madame.

— Ana, vous pouvez m'appeler Ana.

— Au revoir, madame Ana.

— À bientôt, Ana ! Te fais quand même pas trop de nœuds au cerveau. C'est le risque quand on en a un bien plein comme le tien ! Et puis on pourrait se retrouver à Buffère un de ces jours. Ça ferait plaisir aux parents. Tu acceptes de passer sur l'autre rive ou tu n'aimes que la rive gauche ?

— Merci pour tout, Pierrot. C'est une bonne idée de monter à Buffère. Ils vont bien, Michel et Colette ?

— Oui ! Ils retapent la dernière ruine du hameau. Après ils risquent de s'embêter !

— OK. On prévoit ça. Je t'appelle.

Les enfants sont déjà partis sur le sentier. Pierrot les rejoint à grandes enjambées. Le soleil est encore très haut. On va vers les plus longues journées de l'année. Juste en face de moi, sur l'autre rive, vivent Michel et Colette. Pierrot a grandi là-haut. Chaque matin il descendait ses cinq cents mètres de dénivelé pour rejoindre Névache et se rendre à l'école. La même chose le soir. Avec le temps, il s'est mis à courir pendant ce trajet. Pas pour faire du sport, juste pour dormir plus longtemps. Michel et Colette ont toujours représenté pour moi l'harmonie, l'engagement et la cohérence.

Buffère, le Chardonnet, Laval, les Drayères et Ricou sont les cinq refuges de la vallée. Buffère et le Chardonnet sont rive droite, Les Drayères et Laval au fond de la vallée, et Ricou rive gauche. J'aime beaucoup la situation de Buffère. C'est un hameau protégé au creux de son vallon. Colette et Michel ont restauré chaque maison l'une après l'autre. Nous y avons passé de nombreux week-ends à faire des chantiers avec Pierrot et ses parents. Un coup il s'agissait de transporter des pierres, un autre de cheviller les bardeaux ou de passer les murets à la chaux.

Je m'attarde sur la terrasse avant d'aller dresser le couvert.

Je me mets à avoir envie de pleurer. Et je pleure...

Je ne retiens pas ces larmes auxquelles j'ai du mal à donner un sens. Je sens bien que j'ai mis en chantier ma citadelle intérieure et qu'elle ressemble de plus en plus à une petite cabane de branches qui ne m'abrite plus beaucoup. Je ne pleure pas de tristesse. Sans doute ai-je un peu peur sous ma cabane. Je pleure de douceur, de la douceur avec laquelle je me prends par la main. Moi, souvent si dure avec moi-même, je découvre celle que je suis quand je dépose les armes. Cette femme n'est pourtant pas une inconnue. Je me souviens de ses éclats de rire, des poèmes que j'écrivais à Pierrot, des soirs où il s'endormait contre moi et où je n'osais plus bouger, caressant le dos de sa main comme on caresse le velours d'un monde précieux.

Au loin les nuages s'amoncellent. Dans la lumière du soir leurs formes girondes donnent envie de plonger une cuillère dans cette chantilly céleste. Je les vois se rejoindre et s'agglomérer. Je suis tel l'enfant distinguant tour à tour les animaux de cette arche de Noé. Il y a le porcelet dodu qui se fait pousser du cul par une licorne également bien ventrue surmontée d'un hippopotame qui semble donner naissance à un cheval aux larges ailes, cabré comme pour atteindre un ciel plus haut que le ciel. J'ai toujours aimé ces bestiaires imaginaires qui composent le spectacle du soir. Bien souvent ils disparaissent avec la nuit mais en août ils sont l'avant-garde de l'orage.

Je me souviens des heures passées à la fenêtre des Pananches à voir le ciel présenter le subtil nuancier des gris, des plus lumineux drapés aux très sombres et lourdes armures de chevaliers menaçants. Je regardais se préparer le combat des ténèbres, excitée par la peur, incapable de quitter le carreau inférieur de la fenêtre de la cuisine, celui d'où l'on voit toute la vallée, le visage contre la vitre, les mains agrippées à la chaise où j'étais à genoux. Tant qu'il ne pleuvait pas, j'ouvrais la fenêtre, je voulais entendre la cavalcade des premiers chevaux galopant vers le Lautaret. J'imaginais Hannibal et ses éléphants, traversant les Alpes, de larges tambours posés sur l'échine des pachydermes et battus par des esclaves noirs en habit rouge. Comme sur cette image de mon livre d'histoire de CM2. À chaque coup de tonnerre je sentais l'armée s'avancer. Les grognards de l'Empereur aux lances acérées pointées vers le ciel, défiant Jupiter. Puis le ciel s'ouvrait dans un éclair rappelant aux hommes que l'on ne défie pas les dieux impunément. La petite fille que j'étais sentait le souffle de Jupiter dans les bourrasques qui semblaient enflammer de vent les arbres devant la maison. Le vieux saule s'ébouriffait, ressemblant à Einstein, Mozart ou Chateaubriand sur les remparts de Saint-Malo, dans son château en exil. Quand la pluie s'abattait, elle faisait tomber son rideau de fer et Chateaubriand disparaissait. La fenêtre refermée, j'entendais la pluie résonner sur le toit comme sur les vieilles bassines renversées de ma grand-mère.

Longtemps j'ai cru que « orage » s'écrivait « eau rage », donnant tout son sens à ces deux mots accolés qui témoignaient de la furie passagère d'une mer du ciel que les géographes auraient oublié de nommer. Cet oubli la rendait régulièrement furieuse, provoquant ainsi la rage de ses eaux qui s'abattait sur ces hommes négligents.

À peine l'orage passé, je cherchais l'arc-en-ciel. « Le pont des âmes », comme l'appelait ma grand-mère. Elle me disait que les arcs-en-ciel partent toujours des cimetières. Les âmes joyeuses les attendent patiemment pour effectuer leur grande traversée et rejoindre le ciel. L'orage est bien utile car c'est lui qui permet l'arc-en-ciel. Quel spectacle unique que cette séquence où le champ de bataille des cavaliers du ciel laisse place au pont des âmes. En comparaison, le son et lumière du château de Versailles fait figure de décor pour spectacle de marionnettes.

Juste après l'orage, je sortais sentir la terre. Il n'y a qu'après la pluie que la terre sent. Elle fume et suinte, humide et offerte au soleil qui revient comme un sexe de femme à un amant estival.

Comme j'aime les saisons de la montagne ! Elles sont toutes avec leurs promesses joyeuses.

Le printemps est renaissance, comme une toile blanche tendue devant Van Gogh qui va l'occuper sur toute sa surface, ajoutant de la matière à la matière, des couleurs aux couleurs. Quelle idée d'avoir choisi qu'en français le printemps soit masculin quand la *primavera* italienne ou espagnole est féminine. Le printemps ne peut être que féminin.

L'été est le temps de l'exposition, il donne toute sa place aux parfums. Jamais Chanel, Dior ou Guerlain ne sont parvenus à mettre en bouteille le parfum d'un été dans les Alpes. L'été est fort, puissant, engagé, viril, bien plus masculin que le printemps. C'est le moment où même les fleurs de ma robe semblent s'envoler.

L'automne est la saison de la nuance, elle est douce et tendre. L'automne offre des traînées d'été avec le mélézin qui devient doré comme aucune autre forêt. Puis l'automne bascule en hiver, sans transition, en une nuit ou une journée.

Lorsque s'annonce l'hiver, « bientôt la neige ! » est une exclamation de fête. La perspective de pentes où glisser, de feux dans les cheminées, des feux de joie !

En une nuit, la même eau qui tombe en pluie sur la tête du Parisien déprimé se transforme en cristaux pour créer un décor merveilleux chez l'habitant des hauteurs.

Cela modifie profondément le rapport aux saisons, tout comme le psychisme de l'homme des plaines ou des montagnes.

8

L'océan de mon orgueil

Ce matin, le paysage a disparu. Lorsque j'ouvre les volets je me retrouve dans le brouillard épais d'un nuage où je vois à peine le bout de mes doigts si je tends le bras. Je pourrais être dans la Beauce ou en Bretagne…

Me revient immédiatement en mémoire l'épisode vécu avec Paul, Antoine et Natha alors que nous traversions les hauts plateaux du Vercors à skis de randonnée.

Nous étions partis pour cinq jours de rando avec des haltes nocturnes dans des refuges ou des auberges. La météo était idéale et j'étais heureuse de quitter Paris pour rejoindre Antoine et Natha. Paul était le moins expérimenté de nous quatre mais ce n'était pas sa première itinérance.

Les hauts plateaux du Vercors font partie des plus beaux paysages des Alpes. Rares sont les lieux en France où j'ai pu éprouver l'immensité d'un paysage me rappelant les étendues sauvages du Montana. La deuxième nuit de notre randonnée était la seule que nous devions passer dans un refuge non gardé. Nous avions prévu les vivres pour cette étape plus *roots* que les autres. Seule la réserve de bois sous l'appentis du refuge était garantie. Rapidement la cabane s'était réchauffée sous l'effet d'un feu dans une petite cheminée. Antoine avait ramassé un seau de neige pour faire bouillir l'eau du riz. Même dans ces conditions il avait prévu de nous faire un risotto aux girolles et au parmesan. Paul avait apporté dans son sac à dos un vieux bourgogne et Natha sa bonne humeur éternelle. En nous couchant, je me souviens des mots de Paul : « C'est quand même autre chose, la montagne ! »

Je lui avais demandé ce qui lui valait cette pensée et sa réponse avait été : « Ben ici, c'est pas compliqué. On est bien. » Le lendemain matin nous nous sommes réveillés comme ce matin. En poussant la porte, je n'ai vu que du blanc. Ce n'était pas prévu. Il était hors de question de poursuivre notre itinéraire. Une évidence. Nous avons passé la journée à jouer au tarot en poussant régulièrement la porte de la cabane pour voir si le temps se dégageait. Le tarot est le jeu officiel de bien des refuges. Le soir, nous avons fait cuire notre reste de riz, suivant une recette bien plus basique que la veille : de l'eau et du riz.

Le lendemain matin, le temps n'avait pas changé, et le surlendemain non plus.

De la confiture, quelques barres, deux boîtes de raviolis laissés dans la cabane par des randonneurs nous ont permis de manger tant bien que mal. Jamais nous n'avons joué autant aux cartes. Natha conservait sa bonne humeur et Antoine et moi lui donnions le change mais Paul s'est progressivement enfermé dans un mutisme seulement ponctué de quelques expressions traduisant son agacement. « Quelle merde ! », « Bonjour les vacances ! », « La prochaine fois on ira en Corse ! ».

Le surlendemain, alors que nous dormions encore, il a sauté du bat-flanc et s'est précipité vers la porte, l'a ouverte puis, constatant que la situation était inchangée, s'est habillé avant de nous dire : « Je pars chercher de l'eau au ruisseau. J'en ai marre de boire de la neige fondue. J'ai mal au ventre. »

Antoine était sorti à son tour de son duvet pour arrêter Paul.

— Tu ne peux pas sortir par ce temps, Paul. Tu vas te perdre.

— Qu'est-ce que tu racontes, le ruisseau est à cinquante mètres en bas.

— Tu ne retrouveras pas la cabane. Reste là.

— C'est pas toi qui commandes !

Antoine s'était mis devant la porte mais Paul l'a poussé et est sorti. J'avais crié « non, Paul, c'est une connerie ! » Mais trop tard.

Le froid rentrait dans la cabane et nous avons fermé la porte. Je me suis couverte et j'ai demandé à Antoine de prendre la corde de montagne.

— Tu aurais vu ses yeux, Ana, je n'ai rien pu faire. Il était comme obsédé par l'idée de sortir.

167

— Tu restes au contact de la cabane et tu tiens un bout de la corde. J'attache l'autre bout à ma taille et à chaque tour de cabane tu me lâches un mètre supplémentaire.

Nous avons déroulé ainsi toute la corde mètre après mètre. Le brouillard arrête presque autant le son que la vue et ma voix ne portait pas mais je crus entendre à deux reprises celle de Paul. Arrivée au bout de la corde j'ai rejoint le refuge. Natha me regardait, inquiète. Nous savions tous les trois ce que pouvait provoquer l'inconscience de Paul. Dehors il faisait froid. Le Vercors est un gruyère de lapiaz où il est facile de tomber dans un trou où se tordre une cheville. Seule une boussole permet de se guider dans le brouillard et Paul n'en avait pas ; et même s'il en avait eu, encore aurait-il fallu qu'il dispose d'une carte pour se repérer. Jamais un montagnard ne s'aventure dans des conditions pareilles sauf quand il y est contraint pour des raisons vitales. J'étais inquiète. Très inquiète. Je ne cessais d'appeler Paul par la porte. La cabane se refroidissait. Au bout de deux heures d'attente, Antoine était venu prendre le relais et m'avait demandé de rentrer, puis il avait fini par revenir à son tour, frigorifié.

Je m'étais mise dans un coin de la cabane, assise sur un banc, les genoux ramenés contre le menton. C'est ma position, la plus fermée possible, quand je suis contrariée. J'étais partagée entre la peur du pire et l'irritation à l'égard de Paul.

Je répétais en boucle : « Quelle connerie. Mais quelle connerie. C'est pas possible d'être aussi con ! »

Mais les miracles arrivent aussi aux cons. Et nous avons tout à coup vu apparaître Paul, tout couvert de neige, de petites stalactites de glace pendues aux sourcils, hagard, et répétant sans discontinuer : « Faut pas sortir ! Faut pas sortir ! Faut pas sortir ! » Paul se renferma dans son mutisme. Je le déshabillai, le séchai, et le couchai dans son duvet près de la cheminée.

L'après-midi même, nous vîmes le ciel se déchirer, le brouillard se lever et nous pûmes rejoindre le village après cinq heures épuisantes. L'absence de nourriture correcte avait affaibli nos forces et Antoine dut soutenir Paul qui était devenu l'ombre de lui-même.

Après ces étranges vacances, j'ai failli rompre avec Paul. Il m'avait tellement déçue. Et puis je me suis dit que je devais être indulgente avec quelqu'un qui ne connaissait pas la montagne et ne la fréquentait que pour me suivre, par amour. Mais en réalité, son attitude ce jour-là a toujours été comme un kyste que je n'ai jamais réussi à totalement soigner. Chaque petite compromission, demi-mensonge, ou faiblesse de caractère que je lui ai connus depuis n'a fait que nourrir un ressentiment qui était né sur ce plateau du Vercors. Bien entendu je crois qu'un couple doit savoir être un lieu où l'on pardonne à l'autre les blessures que l'on se fait immanquablement mais je suis certaine également qu'il y a des signes qui sont comme les éclairs intermittents d'un phare en pleine mer. Ils indiquent des rochers où les coques des meilleurs navires ne résistent pas. Dans le Vercors, Paul avait fissuré la coque et la voie d'eau qu'il avait créée n'a fait que s'agrandir ensuite.

Pasco discute avec des randonneurs qui restent quelques jours au refuge avant de reprendre leur traversée des Alpes par le GR 5. Le chemin de grande randonnée part de Genève et rejoint Menton. Un été, avec le Club des cinq, alors que nous avions quinze ans, nous avons fait la traversée en quatre semaines, transportant de quoi bivouaquer chaque nuit au gré de nos envies. Parfois auprès d'un lac, d'autres fois à côté d'un torrent, mais aussi sur des balcons naturels qui surplombaient des paysages grandioses.

Les GR deviendront-ils comme les vinyles ou les trains de nuit, relégués telles des antiquités par une ère postindustrielle qui aura produit une « humanité assise » ? Les anthropologues du cinquantième siècle mettront-ils en évidence la disparition progressive des jambes de l'hominidé au profit d'un fessier qui nous fera ressembler à une quille de bowling ? Alors on étudiera les traces de peinture rouges et blanches des GR comme l'expression d'un mode de déplacement que l'on qualifiera d'archaïque, datant de l'époque où les hommes avaient des pieds.

Quel cauchemar !

Je prends mon bol et des tartines et allume mon téléphone.

Un SMS non lu : « Salut, Ana. Suis sur zone. Le brouillard se lève dans la vallée. Je voudrais aller accrocher une ligne du côté des lacs. Tu m'accompagnes ? Natha. »

La voilà donc de retour ! Antoine doit être content ! Et moi aussi... Natha c'est la fantaisie et la joie garanties !

« OK. Super contente que tu sois là. Je suis dans le nuage. Passe me prendre quand tu veux. »

J'attends Natha, assise devant le petit bureau de ma chambre.

Je vois le brouillard rouler comme une vague épousant le flanc de la montagne, du fond de la vallée jusqu'aux crêtes du Lauzet. Arrivé en haut, le nuage s'arrondit et semble basculer dans la vallée de la Guisane, vers Le Monêtier et le col du Lautaret. Par moments il se déchire comme si la pointe d'un mélèze avait ouvert le voile. Plus haut vers le Galibier, des coins de ciel bleu apparaissent comme les sentinelles avancées du grand bleu qui s'annonce. L'histoire humaine a besoin de coins de ciel bleu.

Ma petite planète intérieure ressemble à la grande sur laquelle j'ai posé mes pieds. Mais la réciproque est vraie. En venant rouvrir ici un coin de ciel bleu dans ma vie, en y retrouvant l'énergie de ma volonté, je retrouve le goût des autres. Ma langue ne percevait plus que l'amertume et redécouvre le sucre mais aussi le sel de mes larmes. Juste l'émotion. Cette émotion ne peut seule me guider, bien sûr, mais elle est un bon indicateur pour attester que je suis toujours en vie.

Lors de débats avec mes amis écolos, je me suis souvent indignée contre la désespérance de leurs propos. Je crois que l'on ne peut provoquer l'adhésion du grand public si le vocabulaire utilisé est toujours négatif. L'humanité a besoin de récits fondateurs, d'épopées qui font grandir l'homme. Certains de ces récits, comme celui de la Bible, font encore naître des engagements. D'autres, comme *L'Iliade* et *L'Odyssée*, sont devenus des légendes qui charpentent nos imaginaires. Il manque aujourd'hui un grand récit qui dépasse les échéances électorales, transcende les partis et les générations, et rassemble au-delà des nations. Des chercheurs de la Nasa annoncent la fin de notre civilisation, des équipes scientifiques attestent que nous vivons la sixième grande extinction des espèces et les médias relaient ces informations. Le « tout va mal » fait davantage vendre que l'annonce de ce qui va bien. J'étais pourtant tombée sur un court article faisant référence à l'étude du psychologue canadien Steven Pinker, qui venait de publier *The Better Angels of Our Nature*. Il analysait des données relatives à la violence conjugale, aux homicides, aux violences routières, mais aussi aux conflits répartis sur la planète et concluait que le monde n'avait jamais été aussi peu violent qu'aujourd'hui. Cette information est passée inaperçue car le bien ne fait pas de bruit.

« Le pessimiste est un optimiste éclairé »,
disait papa. Je ne suis pas d'accord. Je crois qu'il
en est de notre bien-être moral comme de la
légende du loup blanc. Chacun est libre de nourrir sa désespérance ou son espérance. Le camp
des promoteurs du bien a besoin de recruter ! Et
je veux poser ma candidature. Je perçois combien ce n'est pas le choix le plus simple que
de devenir une ambassadrice du bien. Il faut
incarner cette posture pour en être le messager
or, bien souvent à notre corps défendant, la vie,
quand elle nous blesse ou qu'elle nous déçoit,
nous entraîne facilement du côté des râleurs,
des cyniques, des aigris. Je perçois bien que je
n'ai pas toujours su résister à ce mouvement
vers le fond.

« Que votre parole soit impeccable » est le
premier des fameux « quatre accords toltèques »
de Miguel Ruiz. Les mots que nous prononçons
conduisent notre psychisme. Le temps que nous
passons à dire du mal ne produit jamais rien
d'autre que de la défiance. Aucune ouverture ne
s'opère, aucune lumière n'éclaire derrière ces
mots sombres.

Natha est à elle toute seule un coin de ciel
bleu. Elle est l'une des rares personnes que j'aie
regardées avec envie. Sa liberté, son insouciance,
la légèreté de son pas, sa capacité à attraper
son sac à dos et à prendre la route sans plan
de vol précis, sa confiance dans ce qui peut
lui advenir en font une femme généreuse et
ouverte. Son témoignage de vie m'interpelle.

En s'affranchissant des codes imposés, en ayant pour seul guide la juste résonance de ses projets avec son idée de la vie, elle ne cesse de la célébrer joyeusement et semble n'avoir jamais perdu son chemin.

Le ciel s'est maintenant ouvert comme si un large couteau avait fendu la toile blanche du plafond d'une grande tente berbère. De bleu, le sang coule.

Je reconnais la silhouette de mon amie sur le chemin et vais à sa rencontre.

— Comme tu es belle, Natha ! Comme je suis heureuse de te retrouver !

Nous restons longtemps dans les bras l'une de l'autre. Alors que je recule d'un pas pour mieux la voir, je retrouve son regard vif et clair, ses pommettes hautes, ses lèvres ourlées, ses longs cheveux retenus en chignon composé d'un morceau de bois, et son sourire éclatant, franc et irrésistible. Elle est la joie !

— Ben dis-moi, Ana, t'es bien jolie aussi et t'as bien bonne mine ! Ça te réussit ton séjour chez Pasco.

— Heureusement que tu ne m'as pas vue il y a deux mois. J'étais désespérée de voir combien mon état mental se reflétait sur mon visage.

— Antoine m'a raconté. Mais là c'est tout bon, non ?

— Mouais... Ça va l'faire. Suis en chemin. Mais ne parlons pas de moi. Tu arrives du Pakistan ?

— Oui. Enfin avec une petite escale en revenant...

174

— Ah bon ! À quel endroit ?

— Tu vas pas me croire... J'arrive de Rome. Du Vatican !

— C'est pas vrai ! Tu veux devenir religieuse ?

Natha joint ses mains et incline ses yeux vers le sol en partant d'un grand éclat de rire.

— Sœur Natha. Pour vous servir !

— C'est quand même pas pour aller voir le pape François que tu es allée au Vatican ?

— Un peu... Quand j'étais au Pakistan, alors que j'achevais la première session de formation des guides, je suis partie une semaine dans le Karakoram. C'est le massif montagneux où se trouve le K2. J'ai retrouvé une équipe de quatre grimpeurs dans laquelle se trouvait Veronik, une jeune religieuse qui travaille auprès du cardinal Turckson qui a été la plume de l'encyclique du pape sur l'écologie *Laudato si*. Tu en as entendu parler ?

— Oui, bien sûr ! Comme tout le monde.

— Mais tu l'as lue ?

— Non.

— Tu dois la lire, Ana. Surtout toi, notre grande écolo nationale ! Tout y est. C'est un texte qui dit qu'on ne peut être écologiste que de façon intégrale, pas seulement dans sa relation avec la nature mais aussi avec soi-même et aux autres. Tiens !

Natha sort un papier froissé d'une petite pochette en cuir qu'elle porte autour du cou, contre sa peau, et me le tend.

— Lorsque nous nous sommes séparées, sœur Veronik m'a fait ce cadeau. Ce sont quelques phrases extraites du texte du pape. J'ai voulu garder ces mots contre moi. Pour m'en souvenir mais surtout pour les vivre !

Le sol, l'eau et les montagnes, tout est caresse de Dieu.

Le monde est un mystère joyeux que nous contemplons dans la joie et la louange.

Toutes les créatures sont liées, et tous en tant qu'êtres avons besoin les uns des autres.

L'immense progrès technologique n'a pas été accompagné d'un développement de l'être humain en responsabilité, en valeurs, en conscience.

Les habitants de cette planète ne sont pas faits pour vivre en étant toujours plus envahis par le ciment, le verre, l'asphalte et les métaux, privés du contact physique avec la nature.

La paix intérieure de l'homme tient dans une large mesure de la préservation de l'écologie et du bien commun.

— Quand j'ai lu l'encyclique, j'ai pensé à toi. Beaucoup ! J'ai pensé à ta mère. Aux discussions avec ton père aussi. J'ai eu le sentiment que ce pape avait des mots qui réconcilient croyants et non-croyants autour de valeurs essentielles. Des mots simples qui peuvent être entendus par tous.

— Ben dis-moi ! Tu t'es convertie ?

— Pas du tout. Je reste à distance de toutes les religions mais en allant au Vatican j'ai voulu comprendre comment ça fonctionne, les cathos. Peut-être aussi rendre hommage à cet homme, cet Argentin des quartiers pauvres de Buenos Aires qui bouscule les cardinaux en robe rouge et dérange les banquiers. J'ai envoyé un mail à Veronik pour savoir si je pouvais la rejoindre. Elle m'a logée dans sa communauté durant trois jours. Elle m'a fait découvrir Rome. On a mangé de très bonnes glaces, j'ai même été draguée par un bel Italien sur un scooter jaune mais j'ai surtout eu droit à un catéchisme accéléré. Il me reste à faire la même chose à La Mecque et à Jérusalem pour mieux comprendre ce qui guide tant d'hommes et de femmes dans le monde !

Natha éclate de rire et me fait une grosse bise sur le front.

Je relis les mots du pape François. C'est vrai que ce sont des mots simples, mais très exigeants aussi. On ne peut pas être plus clair. C'est de l'écologie fondamentale.

— Je lirai l'encyclique de ton ami François. Promis ! Mais là, on devait pas aller accrocher un fil pour que tu fasses la funambule ?

— *Yes* ! On y va !

La pratique de la *highline* fait partie de ces disciplines apparues avec le début du nouveau millénaire. Comme si les jeunes avaient besoin d'inventer des activités nouvelles pour adopter la montagne autrement qu'en suivant les traces de leurs parents. Dans le même temps où certains tendent des sangles entre des sommets, d'autres se jettent de ces mêmes sommets en *wingsuit*, sorte de combinaison transformant l'homme en chauve-souris. Parfois ce sont les mêmes qui jouent ainsi entre terre et ciel. L'un des chefs de file de ces disciplines est mort en 2016 en voulant relier deux montgolfières sur un fil tendu entre elles.

Natha transporte dans son sac tout ce qu'il faut pour équiper la montagne. Elle sait où elle veut tendre sa sangle, qui n'est large que de deux centimètres et demi. Nous grimpons le long de la crête qui surplombe le Laramon jusqu'à atteindre la tête d'un piton au-dessus du lac.

Natha et moi avons fait partie des meilleures grimpeuses de France entre seize et vingt ans. Avec elle, j'ai réalisé plusieurs premières féminines dans le massif du Mont-Blanc et dans les Écrins. À peine sommes-nous encordée l'une à l'autre, je retrouve une complicité technique où tout s'enchaîne sans un mot, avec une fluidité qui me surprend et me rassure. C'est comme à vélo, il y a des gestes que l'on n'oublie jamais. Arrivée en haut, j'assure Natha pendant qu'elle entoure le rocher et serre la sangle avec un tendeur métallique. Nous déroulons ensuite les cinquante mètres de sangle pour accrocher l'autre extrémité à la tête des Gardioles.

— Tu sais qu'en Suisse ils ont voulu battre un record avec plus de cinq cents mètres au-dessus du vide. Après deux jours d'essais infructueux car la sangle était insuffisamment rigide, un orage a éclaté. Les gars se sont réfugiés dans leur bivouac et quand la pluie a cessé ils sont retournés vers la *highline*. Elle avait disparu. En suivant un morceau qui pendait dans la falaise, ils ont retrouvé un bout de la ligne. Brûlée. Elle avait été foudroyée. Ils ont pris ça comme un signe du ciel et ont renoncé à leur record.

— Incroyable ! Toi, tu t'y es mise quand ?

— Dans le Beaufortain. Entre deux gendarmes de conglomérat de l'arête nord de la Pierra Menta. Ce sommet qui surplombe le Beaufortain est mythique. Il a donné son nom à l'une des plus fameuses courses de ski-alpinisme. J'ai voulu prendre le contre-pied de l'idée de vitesse. C'est comme cela que j'ai découvert la *highline*, avec une amie prof de yoga. Ce que je trouve génial, c'est l'exercice mental. On ne marche sur ce fil que si l'on parvient à s'extraire totalement de toute pensée parasite. C'est une affaire de silence intérieur. Comme une méditation. Tu vas voir !

— Quoi, je vais voir ? Tu crois quand même pas que je vais marcher là-dessus !

— Un peu que je crois. J'en suis même sûre.

Je regarde Natha, effrayée.

— Mais enfin, Ana, c'est quoi ces yeux que tu me fais ! Je ne te reconnais pas.

— J'ai peur.

— De quoi ? Le gouffre, il est dans ta tête, pas sous tes pieds.

— Justement… Je le sens bien.

— Alors regarde-moi. Tu ne feras rien que tu ne veuilles. OK ?

— OK.

Natha se déchausse, passe un harnais qu'elle relie à une corde elle-même reliée à la *highline* et s'engage. Elle pose un pied, puis un autre, et traverse sur son fil comme elle aurait traversé la rue principale de Névache pour aller acheter du pain. Elle revient dans l'autre sens. S'arrête au milieu et me parle.

— Tu vois, Ana. On peut même dire que c'est facile.

Natha sort un petit pipeau de sa poche et, en équilibre au-dessus du lac, entame un air joyeux qui me rappelle la désalpe. Ce moment de fête où l'on accompagne les troupeaux qui vont quitter les alpages pour rejoindre les étables.

Je repense au titre du livre de Lionel Terray *Les Conquérants de l'inutile*. Je regarde Natha et perçois combien il est des « inutiles » bien plus essentiels que de nombreux éléments considérés comme indispensables. À quoi ça sert d'avoir une situation matérielle confortable, un métier prestigieux, un homme à son bras, si l'on n'est pas en paix ? Je sais que les autres ne peuvent être le chemin. Le chemin est en moi. Nous avons tous des Pierra Menta intérieures où sont tendues des lignes au-dessus du vide. Il existe des vides totalement vides et d'autres encombrés

180

par les craintes accumulées dans le grenier des années.

Je regarde la ligne devant moi. Ces cinquante mètres me font l'effet d'un océan. Je passe mes jambes dans le baudrier et accroche à mon tour la corde qui me maintient à la sangle si je tombe. Mais je ne veux pas tomber.

Natha est à l'autre bout. Elle me regarde. Et me parle.

— Ne regarde pas le lac mais le ciel, puis pose tes yeux sur les miens. Entre nous deux ce n'est qu'un chemin. Imagine que nous l'avons tracé à la craie comme une marelle dans notre cour d'école. Tu te souviens ? Tu étais très forte à la marelle !

Il y a une immense différence entre l'alpiniste dont les doigts ou les pieds restent au contact du rocher, de la terre, et le funambule qui n'est relié qu'à lui-même. La force et l'endurance sont inutiles. Il ne s'agit pas seulement de concentration mais d'une forme de lâcher-prise intégral.

— Essaye de faire de la visualisation positive. Ne garde qu'une seule image en tête mais elle doit être puissante et douce. Souviens-toi des mots du pape François : « Le monde est un mystère joyeux que nous contemplons dans la joie et la louange. » La vie est aussi un mystère joyeux, Ana.

C'est le regard de ma mère qui me vient. Doux et puissant. Un regard qui me porte et sur lequel je m'appuie. Je pose un pied, puis l'autre, je souris à Natha en même temps qu'à

181

ma mère. Je traverse l'océan... L'océan de mes peurs, l'océan de mon orgueil... Accrochée aux yeux de ma mère, je me regarde avec tendresse et indulgence. Arrête de penser, Ana, et pose un pied devant l'autre. Et je pose le gauche devant le droit, puis j'enchaîne les pas sur ce fil où je refais exister dans ma vie un « c'est possible » salutaire.

— Merci, Natha. Le monde est un mystère joyeux que je veux désormais contempler dans la joie et la louange.

— Tu verras comme c'est simple. Il suffit pour cela de regarder tout ce qui t'entoure et un peu moins ton nombril.

Nous avons regagné la vallée et retrouvé Antoine les mains dans sa farine.

Il y a chez Natha et Antoine un équilibre qui vient de leurs différences. À l'un le travail quotidien, répété inlassablement, levé au petit matin pour faire cuire le pain des hommes. Nourriture terrestre datant de la nuit des temps. À l'autre des jours qui se succèdent sans jamais se ressembler, sous des cieux toujours différents, en quête d'une nourriture tout autre, spirituelle, indispensable également à la vie des hommes. Je perçois combien ils ont besoin l'un de l'autre pour vivre leurs propres projets. Par leurs expériences respectives, il s'opère un équilibre, la création d'un centre de gravité du couple qui donne à chacun une stabilité, une garantie, l'assurance d'un amour qui traversera le temps parce qu'il respecte profondément les aspirations de chacun.

Un beau panier rempli de cerises est posé sur une chaise en paille de la boulangerie.

— D'où elles viennent, ces belles cerises ?

— C'est les premières. C'est une cliente de la vallée avec qui je fais du troc qui me les a déposées. Tu sais encore faire un clafoutis, Ana ?

— Oh oui, je crois.

— Alors si c'est vrai, tu restes manger avec nous !

— Un kilo de cerises, quatre œufs, cent vingt-cinq grammes de sucre et le même poids de farine, un petit pot de crème fraîche et un verre de lait. Mélanger la farine avec les œufs puis le lait et la crème fraîche. Beurrer un plat, déposer les cerises, puis les recouvrir de la préparation. Mettre au four à température moyenne une demi-heure.

— Bravo ! Mais il manque la touche finale !

— Ah oui ! Cinq minutes avant la fin de la cuisson, saupoudrer de sucre et disperser une noisette de beurre et mettre sur gril pour que ça caramélise !

— Y a plus qu'à !

Je n'ai jamais mangé meilleur clafoutis que celui-ci. Le sucre qui craquait sous mes dents avait le goût des goûters des Pananches. C'est dans une petite boîte en bois faite par mon père aux tout premiers temps de leur mariage que ma mère rangeait ses recettes. Chacune d'elles était écrite sur du papier cartonné quadrillé avec la jolie écriture de maman. Certaines portaient les vestiges des repas qu'ils avaient préparés, colorées du mauve des myrtilles, enfarinées telles les dames de la cour de Louis XIV, ou simplement légèrement brunies d'avoir un peu trop côtoyé la poêle à crêpes.

C'est dans cette boîte qu'il existe encore la recette du clafoutis. Il n'y avait pas que la boîte pour les recettes que mon père avait réalisée de ses mains, mais aussi un meuble en bois où il rangeait vis, chevilles et clous dans des petits tiroirs. Et puis des puzzles, de jolis puzzles où les pièces étaient vernies et colorées. L'escargot était mon préféré. De toutes petites pièces pour le cœur de la spirale de la coquille et la plus grande pour le bord. Chacune d'elles était d'une couleur différente. Derrière des aspects qui peuvent sembler austères, mon père est un cœur tendre. Combien d'hommes de cette génération ont eu à cacher cette part d'eux-mêmes, que certains qualifient de féminine, pour jouer un rôle que la société leur renvoyait comme étant à tenir ? Combien d'hommes sont ainsi passés à côté de leurs enfants ! Heureusement que Dolto et ses amis sont passés par là et qu'enfin les pères peuvent être des papas. Des papas câlins, des papas poules, des papas gâteaux, bref, des papas tout simplement humains, comme des mamans...

En rejoignant le refuge de Pasco je repense à ma propre histoire. À cette idée que je me suis faite du couple, bien plus académique que celle de Natha et d'Antoine. Cela aurait-il été différent avec Paul si je l'avais laissé poursuivre sa carrière sans toujours l'interpeller sur l'absence de sens à sa course, qui n'avait comme seule ambition qu'une quête que je trouvais très matérialiste ? Mon exigence pouvait ressembler à de l'intransigeance. Qui étais-je pour considérer que je détenais la vérité, que moi seule connaissais le bon chemin ? Personne ne m'a jamais donné la mission de ranger les étoiles !

Il y a chez moi une capacité à juger qui peut être redoutable. Une capacité également à penser à la place de l'autre pour lui dire ce qui est bon pour lui. C'est un vrai talent que de savoir interroger celui que l'on aime sur ses choix, ses aspirations, ce qui le guide, en oubliant nos a priori, nos certitudes, nos propres principes.

Paul, compte tenu de son éducation et de son contexte familial, avait certainement besoin de passer par une phase d'accomplissement très classique où les signes extérieurs de réussite étaient plus importants que de rechercher sa Pierra Menta intérieure. J'ai eu l'orgueil de penser que je pourrais changer chez lui ce qui pouvait me gêner. C'est sans doute ainsi dans bien des couples. Lorsque je suis tombée amoureuse, durant cet « état naissant » que décrit si bien Francesco Alberoni, j'ai idéalisé Paul au point de passer outre aux agacements qui existaient pourtant envers celui que j'embrassais fougueusement. Nous aurions sans doute dû, au contraire, déceler les petits riens dont certains devinrent ensuite des montagnes.

Chez Natha et Antoine, même si les contours de leur vie quotidienne ne se ressemblent pas, il y a un grand idéal, une œuvre d'art à laquelle chacun contribue avec ses propres outils. C'est bien cette œuvre d'art, matérielle ou immatérielle, qu'un couple doit être capable de considérer avec une même vision pour permettre ensuite à chacun de la nourrir pour son accomplissement. Avec Paul, nous n'avons jamais consacré de temps à l'esquisse de ce qui pouvait être un idéal de vie. Les décisions que nous prenions chacun sur nos chemins respectifs n'étaient jamais partagées, confrontées à leur capacité à contribuer à un projet commun qui nous unisse toujours davantage. C'est sans doute le cas des couples qui se forment jeunes alors que l'on n'est pas encore à maturité. Mais un compagnon de randonnée, de voyage ou de soirées étudiantes parisiennes ne devient pas naturellement le partenaire d'une vie d'adulte.

9

Terre vivante

Nous sommes sur la terrasse. J'aide Pasco à la corvée de pluches pour la tartiflette du soir. Dix kilos de patates ! Le refuge est plein : un groupe de quatorze en randonnée itinérante entre la Savoie et le Queyras. Ils font étape ici.

« Montre-moi ton sac à dos, je te dirai qui tu es » pourrait être le titre d'un livre de développement personnel. C'est un peu comme les chiens et leurs maîtres dans *La Belle et le Clochard*... Le sac à dos d'un randonneur ressemble à son maître et en dit long sur sa personnalité.

Commençons par ceux qui ont toujours un sac à dos neuf. Ce sont les branchés, dernier cri. Ils ont aussi le dernier iPhone, la doudoune italienne lancée à grand renfort de starlettes qui ne mettront jamais les pieds en montagne, et arrivent au refuge en demandant s'il y a le WiFi car ils doivent « checker leurs mails d'urgence ».

Pour eux, le besoin primaire n'est pas de se nourrir mais d'être connecté. Ils tweetent plus qu'ils ne parlent.

À l'opposé, il y en a qui n'ont jamais changé de sac à dos de leur vie. Peut-être même s'agit-il d'un héritage de la génération précédente. Ceux-là ont le look qui va avec le sac. Ils ne connaissent pas les vestes en polaire et ont un pull en laine rouge, souvent un peu feutrée. Ils n'ont pas de téléphone portable et n'ont jamais de problème de WiFi. Leur souci, c'est de pouvoir laver leurs chaussettes et les faire sécher. Car ils n'ont souvent que deux paires de chaussettes, elles-mêmes assez feutrées également. Ils ont des lunettes de glacier avec des protections latérales en cuir et entonnent souvent le bénédicité avant le dîner.

Un spécimen intéressant est celui qui porte un immense sac à dos avec la rehausse bourrée à craquer. Il n'est pas arrivé depuis cinq minutes que tout le monde sait qu'il porte quinze kilos sur son dos. C'est le seul à avoir un piolet de chaque côté, une corde, et un matelas en mousse sous le sac. En plus d'une gourde dans chacune des poches latérales, il a une poche à eau de trois litres dans son dos. Le groupe n'a pourtant pas prévu d'étape dans le désert, ni de passage où s'encorder, pas plus que dormir dans des refuges sans matelas ! Lui, c'est le sécuritaire. Si un membre du groupe a besoin d'arnica, il en a. D'un thermomètre, il a aussi. Comme d'une couverture de survie, de médicaments contre les nausées, les diarrhées, les rages de dents, les orgelets, les panaris, et bien entendu les ampoules. Il a des pansements de toutes les tailles et de toutes les formes. Sans doute a-t-il aussi des préservatifs et des pilules contraceptives, au cas où... Quand on passe à table, c'est celui qui rajoute des comprimés pour purifier l'eau dans toutes les carafes. Le sécuritaire, c'est le meilleur ami du pharmacien !

J'aime aussi l'aquarelliste. Celui-là a un sac assez petit et il lui manque toujours quelque chose. C'est celui qui sollicite le plus souvent le sécuritaire. Par contre, dans la poche du haut de son sac, à portée de main à tout moment, il a sa boîte d'aquarelle et son pinceau avec un carnet Canson. Lui, c'est d'ailleurs souvent elle, mange peu, plie sa serviette à la fin du repas et la met dans un rond de serviette pour la retrouver au petit déjeuner. Il est souvent à l'écart du groupe pour croquer le paysage et est un faux modeste qui apprécie ceux qui viennent regarder ses dessins en lui disant « oh, que c'est beau ! »

Je pourrais aussi parler du globe-trotteur qui a cousu sur son sac des écussons de tous les pays où il est passé et fait donc l'objet de beaucoup d'attentions. Pour draguer les filles, ça marche très bien !

Mais mon préféré, c'est celui dont je vois dépasser un ukulélé du sac à dos. Celui-là est un joyeux, un tendre, un qui va transformer la soirée en fête sous les étoiles, qui va nous faire chanter, rire et danser.

Deux coups de feu déchirent le calme de la vallée. Plus on est au cœur de la nature, plus un bruit artificiel, mécanique, devient incongru. Celui d'un fusil est une agression. Le piaillement des oiseaux s'est tu immédiatement, puis, petit à petit, la vie reprend son cours dans les branches des arbres où ils semblent se rattraper après les quelques minutes de silence imposé par le tir de l'arme à feu.

— Je n'aime pas ça, Ana. Y a aucune raison que quelqu'un utilise un fusil dans la montagne.

Nous regardons du même côté. Vers la montée aux lacs. Là où vivent Céline et Garou. Et nos pensées se rejoignent également.

— Et si c'était Thomas ?

— J'y vais.

— Non, Ana, c'est moi.

— Non, toi t'es de cuisine...

J'ai retrouvé ma forme physique. Il ne m'a suffi qu'une dizaine de jours pour redonner l'impulsion à l'organisme et pour que l'effort se transforme rapidement en plaisir. C'est comme la mathématique, dirait Cédric Villani, ce drôle de chercheur à l'allure romantique qui porte des lavallières en soie : « Plus on en fait, plus on a envie d'en faire. Plus cela devient facile et plus on cherche la complexité, le dépassement, l'ivresse. » C'est comme cela que l'on devient Prix Nobel ou champion olympique !

Je marche à vive allure et avale les deux cents mètres de dénivelé avant de rejoindre le croisement entre le sentier des lacs et l'ancien chemin de ronde. J'hésite sur la direction à prendre. Intuitivement, j'ai envie de monter encore pour retrouver le territoire où j'ai vu la louve la première fois. Mais j'ai le sentiment que le bruit

190

des coups de fusil aurait été atténué s'il venait de si haut. Je m'engage sur l'autre sentier et dépasse le tournant. Je n'ai que le temps de voir une silhouette disparaître furtivement dans les mélèzes en contrebas. Un homme qui court avec une parka sombre et un fusil en bandoulière. J'aurais aimé que Maxime soit avec moi. J'ai l'intime conviction que Thomas est résolu à éliminer les loups et que c'est lui qui a disparu dans le mélézin. J'avance sur le chemin de ronde sans vraiment savoir que chercher. Alors que je m'apprête à rebrousser chemin, une silhouette émerge au-dessus d'une touffe de rhododendrons dont l'éclosion des fleurs, dans un mois, habillera la robe de la montagne d'éclatantes taches rose fuchsia. Je n'ai pas eu le temps de distinguer l'animal en mouvement que la silhouette s'est abaissée. Je pense spontanément à une marmotte. Depuis quelques jours on les entend siffler. Je monte face à la pente vers le lieu où j'ai cru voir bouger. Je balaye du regard le flanc de la montagne jusqu'à ce qu'un grognement me fasse sursauter. À un mètre de moi, tapie au ras du sol, la louve me montre ses crocs, toutes babines relevées. Je fais trois pas en arrière sans manquer de me prendre les pieds dans un arbuste de rhodos et de m'étaler de tout mon long. La louve se dresse, me regarde, mais s'affale de nouveau, visiblement incapable de tenir sur ses pattes. Je suis à quelques mètres de l'animal. Je ne suis pas effrayée mais fascinée par ce regard qui ne lâche pas le mien.

J'hésite quant à la conduite à tenir. Je sais parfaitement ce qu'il faudrait faire officiellement : appeler l'Office national de la chasse et de la faune sauvage. Ce sont eux qui sont chargés de la régulation de l'ensemble des animaux sauvages de France, qu'ils soient à poils, à plumes, rampants, ou marins. Le seul problème, c'est que l'on ne pourra pas faire dans la subtilité. Même si ce sont tous des amoureux de la nature, ils sont des fonctionnaires au service de l'État. Ils appliqueront les règles, et les ordres. Ils appelleront la préfecture qui appellera le ministère de l'Écologie. Comme la question du loup est devenue une affaire d'État, dans le contexte de tension avec les éleveurs, l'ordre d'abattage sera immédiatement donné. Dans le langage officiel on ne dit pas que l'on va « tuer » un loup, encore moins l'« abattre », mais que l'on autorise un « prélèvement d'un individu afin d'atténuer la pression sur le milieu ». Dans la réalité, le loup est bel et bien mort.

Je ne connais aucun vétérinaire dans la région et je ne veux pas ébruiter l'affaire. On ne peut pas laisser cette louve sans la soigner, et je suis incapable de la transporter seule. Pasco est le seul qui pourrait m'aider mais à l'heure qu'il est, c'est la surchauffe. Tout à coup je pense à Pierrot. Nous sommes mercredi. Il n'a pas classe. Je l'appelle en espérant qu'il va me répondre. Pierrot et le téléphone portable n'ont jamais été de grands copains. C'est comme avec Internet, il veille à limiter au strict minimum l'usage de ces « gloutons ». C'est comme cela qu'il appelle tous les écrans qui déconcentrent, conduisent à être davantage la tête à l'autre bout du monde accaparé par les faits divers de la terre entière au détriment du présent et de celui qui se trouve devant nos yeux ou de l'autre côté de la porte. Je tombe sur la messagerie. Et ne laisse pas de message. Je m'apprête à aller chercher Pasco quand mon téléphone sonne. C'est Pierrot !

— Bien sûr que je peux te rejoindre mais je ne suis pas vétérinaire.

— Tu ne penses pas à quelqu'un ?

— Si. Hugues, ton parrain. Il n'est pas véto mais il est médecin.

— Je suis bête. J'aurais dû y penser toute seule. Mais ça fait longtemps que je ne l'ai pas appelé. Il ne doit même pas savoir que je suis là.

— Toute la vallée sait que tu es là. Je te rejoins mais essaye de l'appeler.

Je me trouve un peu ingrate d'appeler Hugues alors que je ne lui ai donné aucun signe de vie depuis plus d'un an. Il est pourtant merveilleux, mon parrain. Il passe voir maman presque toutes les semaines. Mais je ne suis pas à l'aise par rapport à Paul. C'est quand même un échec, mon mariage. Le « pour le meilleur et pour le pire » n'a pas résisté longtemps. Et le fameux sacrement indissoluble de l'Église catholique, nous l'avons largement piétiné.

— Hugues. C'est Ana.

— Ben dis-moi ! Je me demandais quand tu m'appellerais, ma filleule.

— Oui… Je sais. Excuse-moi.

— On se voit quand ?

— Ben si possible tout de suite. J'ai une petite urgence. Je me suis blessée. Je suis en pleine montagne et je ne peux pas marcher.

— T'es gentille mais là on est à la Meije. On vient d'aller secourir un randonneur qui avait chuté dans un sérac. Il a rien mais il s'est fait une belle frousse.

— Zut ! Tu peux pas te faire déposer côté Clarée en rentrant ?

— Le plus simple, c'est que je t'envoie quelqu'un d'autre. On a deux hélicos pour les secours.

— Non ! Surtout pas. C'est toi qu'il faut !

— Je ne comprends pas…

— Tu verras bien… S'il te plaît, Hugues…

— OK. Je regarde et te rappelle. Donne-moi tes coordonnées GPS par SMS.

Quelques minutes plus tard je reçois un message me confirmant son arrivée en moins d'une heure. Je ne veux pas que l'équipage de l'hélico voie le loup. Je vais à trois cents mètres en contrebas et donne les coordonnées indiquées par ma montre. J'ai un peu le sentiment d'abuser. Mais c'est pour une bonne cause. En France, depuis une ordonnance royale de Louis XV, le secours en montagne est gratuit, comme le secours en mer. Régulièrement le sujet est remis sur le tapis quand des secouristes perdent la vie en allant sauver des alpinistes inconscients, qui n'ont pas tenu compte des conditions météo,

194

et se retrouvent en situation de détresse dans une paroi. Mais la gratuité des secours résiste. À cause de quelques abus, il existe des milliers de personnes qui n'auraient pas les moyens de contracter de coûteuses assurances pour s'adonner à leur pratique de la montagne.

Je n'ai pas longtemps à attendre avant l'arrivée de Pierrot. Il est monté en courant.

— Ça va ?

— Regarde.

— Ben dis-moi, elle a pas l'air en grande forme. Tu sais qui a fait ça ?

— Je crois, oui. Mais je ne veux accuser personne.

— Thomas ?

— Possible. Mais ne dis rien. Je veux aller lui parler. Je veux comprendre pourquoi il a tant de haine pour le loup. C'est un garçon intelligent, Thomas. C'est quand même fou de vouloir que les Africains, qui n'ont rien à manger, protègent les éléphants, les lions et les hippopotames alors que nous sommes incapables de tolérer un animal de plus de vingt centimètres de haut dans la nature en France ! À part dans les zoos ! Pourtant je peux te garantir que, si un éléphant passe dans les cultures d'un village kenyan, y a pas de dédommagement par le ministère de l'Agriculture !

— Oui, enfin, Ana, on est d'accord que ça c'est le propos très généraliste de quelqu'un qui travaille à Bruxelles, à Paris, ou à l'ONU. Dans la vraie vie il faudrait parfois oublier les grands principes car ils ne résistent pas devant les cas particuliers. Mais comme tout doit être réglementé, souvent par de brillants fonctionnaires qui n'ont jamais mis les pieds en montagne, ça manque de nuance. On veut toujours simplifier les choses pour les résoudre mais rien n'est simple et il vaudrait mieux apprendre à chacun à développer son propre esprit critique, à découvrir la complexité, à cesser de vouloir répondre à chaque question de façon binaire.

— Tu as sans doute raison. Mais il en faut des grands principes, sinon il n'y a plus de règle de jeu commune !

— Je ne sais pas. En Suisse, ils ont un exercice de la démocratie qui passe par de réguliers référendums sur tous les sujets. On peut même reposer la même question à quelques années d'intervalle. Du coup, chacun se sent responsable et engagé dans la bonne marche de la vie collective. Nous, on est très forts pour faire des Déclarations des droits de l'homme et autres modifications constitutionnelles qui incluent la protection de la biodiversité et le principe de précaution comme vérité suprême, mais on les oublie immédiatement quand il s'agit d'accueillir des réfugiés africains en France ou quand les camionneurs bloquent les routes pour pouvoir continuer de polluer en paix ! Mais dis-moi, tu as eu ton parrain ?

— Oui. D'ailleurs j'entends l'hélico. Viens vite. On descend. Je leur ai indiqué un point GPS en contrebas. Hugues ne sait pas que c'est pour un loup. Il croit que c'est pour moi.

— Petite maline...

L'hélicoptère ne peut pas se poser sur le lieu indiqué. Hugues enfile un baudrier, prend son sac à dos rouge de premiers secours, et se fait hélitreuiller jusqu'au sol. Je me suis allongée pour faire illusion.

— Ben alors, Nanouche ! T'as oublié comment on met un pied devant l'autre, à la capitale ?

J'embrasse Hugues et le regarde dans les yeux.

— Bonjour, mon parrain. C'est pas pour moi que je t'ai fait venir. À deux cents mètres au-dessus il y a une louve qui s'est fait tirer dessus ce matin. Elle est blessée. Je ne veux pas que les gendarmes s'en mêlent. Pas encore en tout cas. Mais il faut la soigner.

Hugues me regarde avec les yeux écarquillés.

— Ben dis-moi... Pour des retrouvailles tu fais fort ! T'as oublié que j'étais médecin. Pas véto.

— C'est pareil quand il s'agit de soigner une balle dans la cuisse !

Pierrot sourit et ajoute :

— Quel culot ! T'as vraiment pas changé !

— C'est pour ça que tu m'aimes, non ?

J'ai dit ça sans vraiment y penser...

— Bon. Ben alors on va jouer le jeu. Mets-toi debout doucement. Plie la jambe. OK.

Hugues allume son talkie...

— Ici Hugues à hélico. Vous me recevez ?

— Cinq sur cinq.

197

— Vous pouvez nous laisser. Elle va bien, la Parisienne… Je vais l'accompagner chez Pasco et je me débrouillerai pour redescendre à Briançon.

— Bien reçu. On remonte le treuil.

— Merci. Bonsoir, les gars !

Nous retrouvons la louve. Elle gronde à peine quand on s'approche… Je vois du sang qui coule sous sa patte. Elle doit être épuisée.

— Ben vous allez m'aider, les jeunes ! J'ai pas envie de me faire mordre et comme c'est toi l'écolo, Ana, je te laisse te débrouiller pour lui mettre cette compresse d'éther devant le nez.

J'approche doucement ma main. Je pose la compresse devant sa truffe, puis l'applique carrément. En quelques secondes, la louve perd connaissance.

— On a combien de temps ?

— Cinq minutes. Pas plus. Après elle va se réveiller.

Hugues examine la plaie. Elle n'est pas trop profonde mais la balle a entaillé le muscle principal de la cuisse.

— Elle est pas près de remarcher. Tu comptes la garder où ?

— À Lascaux.

— Qu'est-ce que tu nous racontes ?

— Vous ne connaissez pas. Mais c'est Pasco qui va m'y emmener. Pierrot, tu peux confectionner une muselière avec la corde de montagne. Si on veut la transporter, il faudrait éviter qu'elle nous morde en se réveillant.

Hugues extrait la balle et me la donne. Il fait une piqûre dans la cuisse de la louve pour l'anesthésier et recoud la plaie avant de composer une attelle de fortune qui immobilise la patte de l'animal.

— Voilà, j'ai fini. Elle a une autre maladie ta protégée...

— Ah bon ! Elle a quoi ?

— Elle attend des louveteaux. Et c'est pour bientôt.

— Génial !

Au regard de mes compagnons, je comprends que mon enthousiasme n'est pas partagé. Si Maxime était là il serait fou de joie !

— Mais si tu la trimbales en plein jour, tout le monde va te voir !

— Je sais. Je vais revenir à la nuit, avec Pasco.

— Et en attendant ?

— Ben je ne sais pas. Je vais rester à côté.

— Je reste avec toi.

C'est Pierrot qui a parlé.

— Hugues, tu veux bien passer au refuge. Tu racontes tout à Pasco et tu lui dis qu'on l'attend. Tu fais pas ça devant les clients bien sûr...

— Bien sûr ! Mais pourquoi tu ne l'appelles pas ?

— J'ai bien essayé mais ça ne décroche pas. Pasco, son portable, il passe son temps à le perdre. La dernière fois il l'avait laissé dans sa poche et l'a vu tomber de son pantalon quand il l'a accroché au fil à linge, après l'avoir passé à la machine !

Je promets à Hugues de lui rendre visite rapidement et le remercie d'avoir accepté d'être le vétérinaire d'un jour.

— Je ne pensais jamais voir un loup de si près ! À bientôt, les jeunes !

Hugues nous a toujours appelés « les jeunes ». Alors que nous avons bientôt cinquante ans, il continue. Je trouve ça plutôt sympathique.

Pierrot sort trois victuailles de son sac.

— Tu ne pensais quand même pas que j'allais rester le ventre vide : une bonne tome des alpages, les premières tomates de la saison, des pommes de la vallée de la Durance, et du chocolat... suisse ! Mais c'est encore les Alpes !

— Ça, c'est du pique-nique !

Céline, la louve, s'est réveillée. Elle a essayé de se mettre debout mais n'y parvient pas. Elle geint et nous lance des regards inquiets, relevant timidement ses babines et découvrant des crocs impressionnants. Mais elle semble avoir compris que nous ne lui voulons aucun mal. Le ciel prend sa teinte du soir et vire au rose. Pierrot prépare sa pomme suivant un rite qui lui est propre. Il l'épluche intégralement sans la couper en morceaux et croque dedans jusqu'au trognon.

— Tu as des nouvelles de ton père, Ana ?

— Non, très peu. Il est en Afrique, je pense en Somalie. Cela fait trois ans qu'il est parti. Il m'appelle tous les six mois mais ne me parle jamais de lui. Il veut juste s'assurer que je suis toujours vivante, et heureuse. Il t'aimait beaucoup, papa.

200

— Je pense que tu peux parler au présent. Et c'est réciproque. Chaque année, à peu près au moment de mon anniversaire, je reçois une longue lettre de lui. Une lettre où il continue de me raconter sa vision du monde. Un peu pessimiste, mais toujours très argumentée.

— Ah bon ! Je ne savais pas que vous étiez restés en contact.

— Quand il venait à Marseille pour un congrès de médecins il logeait à la maison. Il aimait aussi Nadjet et a été furieux qu'une histoire de religion nous sépare.

— J'imagine…

Je suis très surprise de découvrir que la relation entre Pierrot et mon père avait perduré sans que j'en aie rien su. Papa n'a jamais aimé Paul et il a sans doute trouvé plus simple de ne pas me faire souffrir en me racontant combien il continuait d'apprécier mon premier amoureux.

— Et alors… Tu es heureuse, Ana ?

— C'est une drôle de question… Tu parles en général ou là maintenant ?

— Je parle de cet état qui ne disparaît pas à la première contrariété. Je parle de quelque chose de stable et qui ne dépend pas des autres mais de toi-même. Je parle du sourire qui ne s'enlève pas de tes lèvres, même quand tu t'endors. Je parle de celle que j'ai connue plus jeune et que j'ai aimée.

— Je crois que si je suis ici, c'est pour retrouver la fille dont tu parles. Mais ces dernières années, je pense que je n'étais pas heureuse.

Aujourd'hui il faut que j'apprenne à aimer la vie pour elle-même, sans que mon sourire passe obligatoirement par le ricochet d'un autre. J'ai appris à gagner mais pas à perdre. Pourtant la réussite n'existe pas sans l'échec. L'artiste va détruire dix œuvres pour en retenir une. Je découvre qu'il n'existe pas de création sans erreur. On devrait apprendre aux enfants à perdre. Perdre pour gagner en beauté. Perdre pour grandir en sagesse. Perdre pour que l'autre puisse aussi gagner, par altérité, par solidarité, par éthique. Apprendre à perdre au jeu pour que le jeu reste toujours un jeu. Apprendre à perdre ses clés sans maudire l'heure d'après à les chercher. Apprendre à perdre du temps pour mieux rencontrer l'autre, ou soi-même. Apprendre aussi à perdre celui que l'on aime. Apprendre à continuer à vivre malgré cela. C'est la seule certitude, depuis la nuit des temps, un jour je mourrai...

« Pourtant le temps est une invention des hommes. En créant une unité de mesure. On n'a pas cessé de rythmer la vie des hommes avec l'obsession d'occuper toujours davantage ce temps au point de le saturer. En réalité, il y a un moment où le temps que mesure l'humain n'est plus celui qu'il totalise depuis sa naissance mais celui qui le sépare de sa mort.

« Remplir, réussir, ma vie de femme, ma vie de mère, ma vie professionnelle, ne pas grossir, ne pas laisser le temps marquer son empreinte sur mon visage, avoir écouté toutes les musiques, visité tous les musées, découvert les plus belles plages du monde mais aussi les plus hautes montagnes… Mon temps était devenu une outre que je bourrais. La mesure s'est transformée en démesure. J'ai eu besoin de retrouver la nature pour ramener les choses à leur place et oublier les pendules. L'arbre, la gentiane, la marmotte ou le nuage dans le ciel s'en fichent de la mort. Leur temps n'est que ce qu'il est. Au présent. À vivre dans la nostalgie du passé ou l'inquiétude de l'avenir nous en oublions de vivre le présent.

Pierrot sourit… silencieux.

— « *Li zerbou matou* », dit un proverbe arabe que répétait souvent Nadjet. Cela signifie « celui qui est pressé est déjà mort ».

Je distingue une lampe de poche qui vient vers nous et regrette que ce moment de douce philosophie soit interrompu. J'ai eu le sentiment que je voyais enfin plus clair. Que, sur l'échelle des priorités, je mettais les barreaux dans le bon ordre. C'est Pasco qui arrive.

— C'est quoi cette histoire ! Vous êtes pas un peu dingues ! Et on en fait quoi maintenant de cet animal ?

— Tout doux… Je n'ai plus dix ans, Pasco.

— Salut, Pierrot. Excusez-moi mais vous me mettez dans une sacrée merde !

Pasco n'a jamais aimé les conflits. Il sait qu'avec la louve c'est le début des problèmes.

Je crois que je m'identifie à cet animal. Le sauver, c'est me sauver moi-même. C'est poser un acte où je réveille aussi cette part sauvage.

qui vibre en moi. Je la reconnais. Elle prend un visage. La biodiversité ne s'arrête pas là où cela nous arrange. Cette louve, c'est un autre maillon de la vie, au même titre que les abeilles, ou les libellules ! Un seul disparaît et c'est toute ma responsabilité d'humain qui est engagée. Car c'est bien moi, l'humain, le plus grand prédateur. Celui qui a développé des engins capables de détruire les forêts à grande échelle, de transformer les mers en un monde sans vie, et les oasis en déserts. Cette louve est ce que l'on appelle « une espèce parapluie ». Sa seule présence témoigne de celle de tout un monde sauvage sans lequel elle ne pourrait vivre. Derrière elle, c'est toute la faune et la flore des forêts qui sont cachées. Je suis responsable de ce monde.

— T'as fini ?

— Oui... Enfin, quand même, Nanouche ! T'as pas assez de problèmes comme ça ?

— La louve, ce n'est pas un problème, c'est un symbole, l'emblème de mon combat ! Tu nous montres le chemin de Lascaux ? Ne me regarde pas comme ça. C'est Maxime qui m'a dit que c'était par là.

Pasco grommelle et sans la moindre appréhension prend la louve sur ses épaules, comme un berger porterait un agneau. Il rebrousse chemin puis rejoint le Laramon. Nous marchons vite. Tout à coup, en plein milieu de nulle part, Pasco bifurque à gauche, au milieu d'un chaos rocheux. Avancer n'est pas commode. Au bout de deux cents mètres, Pasco se met presque à quatre pattes et disparaît dans un trou.

Voici donc la fameuse grotte. À la lumière de ma torche, je reconnais les dessins décrits par Maxime. Les fougères de La Réunion, et les têtes à Toto…

Pasco dépose la louve.

— Et dire qu'elle attend des petits.

— C'est merveilleux ! Arrête de faire la tête, Pasco. Maxime sera fou de joie. Il va être fier de toi !

— C'est pas aux hommes de s'occuper des loups !

— C'est pas non plus à eux de les tuer !

Pierrot a son éternel sourire. Il semble totalement au-dessus de la mêlée.

— Dis-moi, Ana, je pense que ce serait bien qu'on aille se coucher. Demain on y verra plus clair.

— OK. Pasco, Pierrot peut dormir au refuge ?

— Y a qu'une seule place de libre. Dans ton lit…

Je regarde mes pieds.

— Laissez tomber. Je vais redescendre.

— Non !

Mon « non » a surgi avec une tonalité que je ne me connais pas. Un cri chargé de quelque chose que je n'identifie pas bien. Comme s'il était un « non » d'espoir. Un « non » que l'on veut transformer en « oui » dans la bouche de l'autre. Un « non » qui veut saisir sa chance. Un « non » qui sent que le moment est venu de laisser jaillir ce qui brûle en moi. D'ouvrir enfin la porte de cette ultime vérité enfouie dans les plis de mon histoire.

Je regarde Pierrot, je ne triche plus, mes yeux plantés dans les siens. Ils disent mieux que tous mes mots « j'ai besoin que tu restes ». Ce rendez-vous avec la louve est aussi celui avec mon loup intérieur.

— En tout bien tout honneur Pierrot, reste dormir ici.

— Ça marche. Mais demain je dois descendre tôt. Les enfants ont classe.

Avant de quitter la grotte, nous déplaçons un énorme rocher pour bloquer son accès et rejoignons le refuge. La nuit est tombée mais la lune s'est levée. L'astre nocturne nous éclaire et je prends ça comme un signe. Elle aussi est notre complice. Elle a toujours été celle des loups. Qui n'a pas en tête la représentation d'un loup, le profil levé vers le ciel, hurlant au cœur de la nuit en ombre chinoise devant le disque blanc.

Nous n'avons pas besoin de lampes pour entamer la descente. Je me souviens de mes premières sorties au clair de lune, lorsque j'avais découvert que l'on pouvait marcher de nuit aussi bien qu'en plein jour. C'était dans le Vercors. Papa nous avait emmenés au brame. Le brame fait partie des grands rendez-vous des amoureux de la nature. Ce moment où la montagne est habitée par ce son si particulier du cerf signifiant son envie de trouver une femelle pour continuer de peupler les bois.

206

La lune est le soleil des sages. Il ne brûle pas les yeux mais permet de distinguer l'essentiel. Seul apparaît ce qui doit vraiment être vu. Quand je marche sous la lune je parle tout bas. Comme pour ne pas réveiller ceux qui dorment. C'est en regardant la lune que Newton a découvert la gravitation universelle, s'interrogeant sur la raison qui faisait que cette grosse boule blanche ne tombe pas alors que la pomme rejoint le sol dès qu'elle se détache de l'arbre...

Nous retrouvons le chalet, et ma chambre de privilégiée, à l'écart des dortoirs.

J'ouvre la fenêtre pour la transformer en un vitrail de ciel étoilé. J'entends Pierrot se déshabiller derrière moi et se coucher. À mon tour je passe un vieux pyjama.

En tout bien tout honneur, nous sommes allongés l'un à côté de l'autre. Je mets ma main dans la sienne. Comment faire simplement des gestes très compliqués ? Je cherche à ne pas charger le présent du passé mais mon corps se souvient. Il a été mon homme. Mon cœur bat à tout rompre.

Sentiments entremêlés des fils de l'amour réveillé et de cet aveu que je me suis juré de faire...

Pierrot n'a jamais eu peur du silence. J'ai appris moi aussi à ne pas le meubler inutilement. Certains sont angoissés par le silence. Il en existe même qui ont besoin du bruit de la ville pour dormir. Ils associent le silence à la mort et le bruit à la vie. La première fois que j'ai fait l'amour avec Pierrot nous n'avons pas échangé un mot.

C'était le 31 août 1980. Un été où il avait fait très chaud. Il m'avait proposé d'aller bivouaquer au col du Chardonnet. Il m'avait demandé d'emporter dans mon sac une jolie robe et m'avait promis une surprise.

Le col du Chardonnet est une randonnée facile. Il faut d'abord rejoindre le refuge à deux mille deux cents mètres puis on monte tranquillement jusqu'au lac que surplombe le col à deux mille six cents mètres d'altitude. Arrivés au lac, Pierrot s'était baigné. Il s'était mis nu. C'était la première fois que je le voyais nu. La première fois que je voyais un homme nu. Il était rentré dans l'eau doucement. Me laissant le temps de voir progressivement ses cuisses, puis ses fesses et enfin son dos disparaître dans l'eau. J'avais senti chez moi un trouble qu'il ne semblait pas avoir. Son geste était franc. Il savait ce qu'il voulait. Pas moi…

Une fois dans l'eau il avait pris une longue respiration puis avait plongé. Il était resté sous l'eau longtemps avant de jaillir en criant à tue-tête « je t'aime, Ana, je t'aime, Ana, je t'aime, Ana », son visage éclairé par un grand sourire. Il était irrésistible.

Il portait la vie en bandoulière comme nul autre. L'eau ruisselait sur son visage, sur son torse, sur son sexe. Un sexe d'homme.

Je ne savais rien de ce qu'était la sexualité même si j'avais éprouvé ces plaisirs solitaires qui me surprenaient parfois comme s'il existait une autre Ana qui sommeillait en moi. Une Ana qui souvent se manifestait au lever du jour, quand la nuit tremble un peu avant de disparaître. Les yeux encore clos, je sentais mon cœur battre dans mes tempes, la chaleur m'envahir, doucement, doucement. La nuit avait remonté ma chemise de nuit et les draps frôlaient mon sexe. Je me tournais sur le ventre, gardant les yeux clos, comme pour bien laisser à la nuit cette jeune femme que ne connaissait pas le jour. Jouir est un abandon. Mon éducation, ma volonté de maîtrise, de responsabilité ne m'avaient pas appris l'abandon. Le jour n'était pas pour l'abandon, le clair-obscur me l'a fait découvrir.

En sortant du lac, Pierrot s'était séché devant moi, lentement. Il avait ouvert son sac et sorti un pantalon bleu ciel parfaitement repassé et une très belle chemise en lin blanc. Sans un mot, il m'avait déshabillée. Lentement. Il n'avait cessé de sourire avec tendresse. Je lui avais rendu son sourire. Quand je m'étais retrouvée nue il avait fait trois pas en arrière et regardé mon corps. J'avais suivi ses yeux qui se posaient avec assurance sur les miens puis sur mes seins, mon ventre, mon sexe, mes jambes.

Son assurance m'avait rassurée. À aucun moment je n'avais douté. À aucun moment je n'avais été gênée. Je suis reconnaissante à Pierrot d'avoir su me rassurer à ce moment si particulier de la vie d'une femme.

209

Il s'était ensuite dirigé vers mon sac, avait pris la robe qu'il m'avait demandé d'emporter et me l'avait passée, accompagnant sa descente le long de mon corps, la retenant un peu au passage de mes tétons et à la hauteur de mes hanches. Alors il m'avait prise par la main et nous sommes remonté pieds nus à travers l'herbe de l'alpage, jusqu'au col...

J'associerai toujours les pieds nus dans l'herbe à une sensualité tenant du sublime.

À l'arrivée au col, toute la barre des Écrins s'offrait à nous. Les glaciers de La Grave et de la Meije prenaient l'éclat de la lumière du soir. Les pics de Combeynot nous faisaient face. Le soleil frappait nos visages. C'est alors que Pierrot s'était mis dans mon dos. Cette fois-ci il avait accompagné de la même lenteur que pour me la passer le retrait de la robe. Puis il m'avait effleurée de sa bouche, de ses doigts, de ses jambes.

Immobile, j'étais inondée de sueur.

J'ai senti son corps nu contre le mien. Ce sexe d'homme qui touchait ma peau. Ses mains étreindre mes seins. Sa bouche contre ma nuque, dans mes cheveux, contre mon sexe... Nous avons fait l'amour comme sur le toit du monde...

Mon corps entier était devenu tel un poème dont je brûlais.

Durant toutes ces années où nous nous sommes aimés, Pierrot a gardé cette façon de considérer l'acte amoureux comme un acte rare, sacré, lumineux, profondément un geste d'amour avant d'être un acte sexuel. Je suis reconnaissante aussi à cet homme pour tout cela.

J'entends son souffle régulier à côté de moi. Il s'est endormi. Un homme en paix… C'est peut-être mieux ainsi. Ce que j'ai à lui dire attendra une nuit de plus. Cela fait vingt ans que cela attend déjà ! Proxima du Centaure disparaît lentement du cadre de la fenêtre. J'entends le petit duc siffler « hou hou hou » aussi régulier qu'un métronome. C'est peut-être lui qui a donné l'idée aux Babyloniens d'inventer la mesure du temps par des intervalles réguliers.

Je pense à Félix. Moi aussi j'aspire à être une femme en paix. J'espère être sur le bon chemin.

10

Le sentier de la vérité

Je me réveille en plein milieu de la nuit. J'ai froid. La nuit est fraîche. Je vais fermer la fenêtre laissée ouverte à notre coucher. La Voie lactée semble occuper tout le ciel, tout mon ciel. À cette heure, il est tout à moi.

Mes pensées vont à maman. À son départ qui viendra un jour. J'aimerais qu'elle parte en regardant un ciel étoilé. Je voudrais être avec elle quand viendra ce moment. Tenir sa main pour tenter de la retenir encore une minute, encore une heure. Regarder ses yeux qui regarderaient les étoiles. Ce sont les yeux qui se sont posés sur moi au premier jour de ma vie. Ce regard que j'ai croisé en buvant à son sein. Les yeux qui m'ont dit que j'étais la bienvenue dans ce monde. Ce monde où elle m'a donné la main pour le traverser. Pas seulement sur les passages cloutés mais aussi pour oser la rencontre avec l'autre, différent… Plus il était différent plus elle en était curieuse. Elle m'a appris que l'ouverture appelle l'ouverture, le don le don, la joie la joie…

L'accélération du temps, mon assentiment à cette accélération m'ont fait oublier ces évidences. J'en suis consciente, c'est un bon début.

Je ne veux pas parler de maman au passé. Jamais !

La lune est presque pleine et va finir sa course derrière le Thabor. Sur l'autre rive de la vallée je vois l'ombre portée des arbres. À l'ombre de la lune demeurent mes eaux troubles. Je pense au prisonnier dans sa cellule, au malade dans sa chambre d'hôpital mais aussi à l'enfant qui ne trouve pas le sommeil après avoir entendu la dispute de ses parents. Je pars à la recherche des zones d'ombre où se trouvent mes fantômes pour les conduire vers le jour et les regarder en face, pouvoir en dessiner les contours et les mettre à portée de mots. C'est comme pour les libellules, nommer l'innomé, c'est déjà en assumer la responsabilité, ne plus le fuir, et l'apprivoiser un peu.

À l'absence totale de bruits dans la nature je pense qu'il doit être cinq heures. L'heure bleue qui a donné son nom à ce parfum que j'ai longtemps porté. Cette heure où la vie diurne n'a pas encore pris le relais de la vie nocturne. Le seul moment de la journée où, même en pleine nature, le silence occupe tout l'espace. Ce silence empêche la distraction de mon esprit, je dois parler à Pierrot demain matin. Lui dire pour Félix. Demain...

Il est temps que je libère ce que je retiens. Il est temps que je me libère dans un même geste.

214

Je prends conscience que je suis telle une prisonnière qui se croit enfermée dans une cellule, et qui se rend enfin compte que la porte n'a jamais été verrouillée par quiconque mais qu'il lui suffit de la pousser pour en sortir.

Le soleil remplit la chambre. Il y a du bruit dans la grande salle. Je n'ai pas entendu Pierrot se lever et partir retrouver ses enfants. J'ai dormi si tard. Comme si mon inconscient avait offert un répit à ma résolution nocturne. Pas encore... Un petit mot manuscrit est posé sur le bureau :

Quand le choix réside entre ce qui détruit et ce qui est autre chose, incertain, je préfère aller vers ce qui est incertain. Parce que c'est dans cette incertitude que se tient l'espoir.

Gilles Clément

La salle est pleine de randonneurs qui finissent le petit déjeuner. Les conversations matinales des refuges se ressemblent. La réponse à la question « vous avez bien dormi ? » est multiple. Il y a ceux qui dorment bien n'importe où et qui peuvent s'écrouler d'un coup, à peine la lumière éteinte. Ceux-là, quand ils ronflent, deviennent les ennemis de tout le dortoir qui cherche péniblement à trouver le sommeil. Il y a ceux qui dorment habituellement dans un lit de cent quatre-vingts et qui se couchent stressés par avance à l'idée de dormir à six sur une superficie de matelas qu'ils partagent habituellement à deux. Souvent, ils gigotent toute la nuit et ne s'endorment que lorsque le jour arrive, une petite heure avant le réveil ! Ceux qui sont toujours heureux quoi qu'il arrive, ce sont les enfants ! Fatigués d'avoir marché, ils s'endorment d'un coup, ont rêvé toute la nuit des marmottes croisées la veille, ne ronflent pas et n'ont dérangé personne. Ils se retrouvent devant leur grand bol de chocolat, les yeux encore pleins de sommeil, et se dessinent de belles moustaches au coin des lèvres.

Après la thématique du sommeil vient celle de la météo ! Quel temps va-t-il faire ? Est-ce que les nuages qui bourgeonnent tout au long de la journée vont finir en averse ou rester accrochés aux sommets avant de se désagréger dans la nuit ? En montagne la météo est à l'origine de tant de péripéties qu'elle peut servir de sujet de conversation pendant tout un repas. Chacun y va de son anecdote, toujours tournée à la façon d'un thriller américain, de la fois où l'on a vu le ciel s'assombrir alors que l'on était loin d'avoir achevé sa rando, entendu le tonnerre au loin puis se rapprocher en même temps que les éclairs, annonçant l'arrivée imminente d'un orage. Les plus chanceux achèvent leur histoire en indiquant, de façon assez décevante, qu'ils sont arrivés avant d'avoir reçu une seule goutte ; les autres tiendront tout leur auditoire en haleine en racontant la traversée d'une épreuve dantesque qui a laissé de nombreux traumatismes psychologiques...

— Salut, Nanouche ! Sacré roupillon. Tu dois avoir une faim de louve !

— Bonjour, Pasco. Très drôle.

— Je t'ai gardé des restes dans la cuisine.

— Merci. Je voudrais aller parler avec Thomas. Tu sais où il garde ses moutons ?

— Tu penses que c'est une bonne idée ? Maxime m'a appelé. Il arrive ce soir. Et Kate demain.

— Raison de plus pour que j'aille voir Thomas.

— Il y a quelques jours il était du côté du Faous mais je sais qu'il ne devait pas tarder à monter à Buffère. Il a sa cabane là-haut. C'est l'endroit qu'il préfère, sur les flancs de l'Échaillon, juste sous le Grand Aréa. Mais attention, Ana, si tu arrives avec tes grandes idées, tu vas te faire cueillir !

— J'ai compris la leçon, Pasco. Je veux juste lui parler. Au moins essayer de comprendre.

Je monte d'abord voir la louve. J'ai dans mon sac un grand Tupperware plein de victuailles. Je crains de ne pas retrouver mon chemin mais je reconnais la silhouette des rochers enchevêtrés où se trouve l'entrée de Lascaux. La nuit, toutes les formes paraissent plus grandes que le jour. En approchant, j'entends des geignements qui m'inquiètent. En faisant rouler la pierre j'appréhende la réaction de l'animal.

Je me laisse le temps de m'acclimater à la lumière de la grotte. J'entends toujours ces petits cris et finis par m'approcher de la louve. Elle me regarde sans me montrer les dents. Je sors son repas et le pose lentement.

C'est alors que, se redressant légèrement sur ses pattes avant, elle découvre trois boules de poils farfouillant dans le pelage de leur mère à la recherche d'une tétine où agripper leur museau. Je résiste à la tentation d'approcher ma main. Je ne veux pas que l'empreinte de mon odeur provoque le rejet des petits par leur mère.

Enfant, j'avais été très triste de constater qu'une mésange avait abandonné ses oisillons parce que je les avais tenus quelques secondes entre mes doigts. La leçon m'a marquée.

La louve mange d'un bon appétit. C'est bon signe. Je reste regarder la scène attendrissante et me vient une idée. C'est Thomas que je dois amener ici. Ce n'est pas possible qu'il reste insensible à pareil spectacle.

Je descends le long du ruisseau du Laramon puis traverse le pont du Jadis. Quand j'étais petite et que nous arrivions à ce pont, nous faisions toujours une pause pour jouer au « jeu du jadis » qu'avait inventé papa. D'un côté du pont c'était jadis, le temps passé, de l'autre aujourd'hui. À tour de rôle, il fallait donner un mot à celui que l'on désignait et celui-ci devait passer le pont et nous dire comment c'était avant, « au temps jadis ». Le début de l'exposé devait invariablement commencer par ces mots. Je me souviens de maman à qui j'avais dit « tomates » en m'attendant à ce qu'elle ne trouve pas grand-chose à dire. Elle avait traversé le pont et avait déclamé : « Au temps jadis il y avait des milliers de variétés de tomates, des vertes, des noires, des roses, des rouges, des bleues et des marron, des petites, des moyennes et des grosses, des tachetées, des mal foutues, des pointues et des ovales, des qui poussaient dans la montagne et d'autres dans les plaines, des tomates adaptées à chaque pays, à chaque terre, à chaque climat, chaque homme. Au temps jadis chacun donnait des semences à son voisin et la terre était un jardin où tout le monde avait sa place. » C'est ce jour-là, au pont du Jadis, que mes parents m'avaient parlé de biodiversité pour la première fois. Ils m'avaient raconté que des grosses entreprises avaient déposé des brevets pour commercialiser des semences, puis que l'on avait sélectionné les graines pour ne garder que celles qui produisaient le plus. On a ainsi divisé par cent les variétés de tomates produites dans le monde.

Privatiser les semences, c'est privatiser la vie. L'air, l'eau, les semences, la pollinisation, les forêts primaires, les océans devraient faire partie des biens communs.

Je suis inquiète pour ce monde dans lequel j'ai accueilli mon fils et je comprends le choix d'Antoine et Natha. Je vois bien que pour la première fois dans l'histoire de l'humanité on peut objectivement penser que les défis que devront relever nos enfants sont plus violents que ceux qui nous attendaient. Comment leur donner l'élan alors que nous savons que c'est un élan vers des temps difficiles ? Que répondre à l'enfant, qui nous demande comment sera le monde dans cinquante ans, autrement que par un « je ne sais pas » préoccupé ?

La nature nous a rappelés à l'ordre. Comme il n'y a pas d'autre planète pour nous recevoir, c'est au défi de la protection, de la préservation, du « prendre soin » que nous sommes tous appelés. À l'enjeu de retrouver de la mesure quand tout n'est que démesure, à la redéfinition de limites. L'infini n'est plus le symbole du XXIe siècle. Seule une mondialisation de la bienveillance permettra de relever ces défis.

Quand je passe à Fontcouverte, on me confirme que Thomas a bien pris ses quartiers d'été à Buffère. Auparavant, chaque famille d'agriculteurs qui vivait à Névache avait un chalet en altitude où elle se rendait l'été pour « s'amontagner ». J'aime ce terme qui me fait penser à « s'amouracher » ou « s'apprivoiser ». Comme si, l'hiver s'en allant, la montagne s'offrait aux hommes pour un moment à partager, pour se découvrir et s'aimer. Je monte la grimpette de Buffère et passe à côté du refuge sans m'y arrêter. Il est huit heures du matin. Ce n'est pas la bonne heure pour aller embrasser Michel et Colette. La cabane du berger est juste au-dessus. Je salue respectueusement Saint-Ignace, la petite chapelle qui se trouve au cœur des chalets d'alpage de Buffère. C'est aussi Michel qui l'a restaurée. Pourtant il n'est pas versé dans les choses du ciel, le père de Pierrot. Mais il en

220

avait pris l'engagement auprès de l'abbé du village. Un jour où Michel attendait un ami qui lui avait fait faux bond pour grimper une poutre faîtière, c'est le curé de Névache qui était arrivé de la vallée, en balade dans les alpages. Il avait accepté de donner le coup de main à Michel mais, au moment de produire l'effort pour lever la poutre, il avait fait un malaise cardiaque. Ce fut sans gravité mais ce jour-là l'abbé en avait un peu profité et il avait interpellé Michel : « Le jour où tu en auras fini de tes chalets, tu me restaureras la chapelle. » Le curé est mort peu après mais ça n'a pas empêché Michel de respecter sa volonté.

Me voici devant la cabane du berger. Quand j'étais enfant, j'adorais rejoindre Robert et Thomas à Buffère pour passer la journée en alpage. La cabane est composée d'une pièce unique où se trouvent un lit, une table, de quoi cuisiner, et tout le nécessaire pour se nourrir et soigner le troupeau. Un poêle permet de rapidement réchauffer le chalet en bois. Un grenier nous tenait lieu de dortoir et un cagibi attenant à la cabane avait la double fonction de garde-manger et d'atelier pour la réalisation des fromages. En approchant, je constate que Thomas a repris les traditions de son père : trois poules se baladent autour de la cabane et fourniront des œufs tout l'été, et un petit enclos est prêt à accueillir un potager qui produira salades, radis et haricots. La « bachasse », nom en patois donné à la fontaine qui coule dans le tronc d'un mélèze creusé, tient lieu de frigidaire. Des bocaux en verre remplis de victuailles sont maintenus au fond de l'eau par des pierres.

Thomas n'est pas seul. Il est avec Nadia, la mère de Robin. Nadia est bien plus jeune que lui. À mon approche, le patou se met à aboyer. Thomas se retourne et me voit.

— Bonjour, Thomas ! Bonjour, Nadia !

— Bonjour, Ana. Tu fais quoi par là ?

— Je me balade. J'avais envie de venir vous voir.

— J'suis contente de vous rencontrer. J'ai tellement entendu parler de vous ! C'est génial tout ce que vous faites.

— Merci, Nadia. Chacun fait ce qu'il peut. J'ai pas de mérite. On peut se tutoyer, non ?

— Oui, bien sûr. En tout cas il t'admire, Thomas !

— Ah bon…

Je vois mon ami d'enfance tourner les yeux vers le sol…

— Tu sais, Nanouche, faut pas écouter ce que disent les gens. C'est pas parce que je veux pas que les loups viennent bouffer mes moutons que j'en ai rien à faire de la nature. J'm'excuse pour l'autre jour.

— C'est moi qui m'excuse. C'est pas comme ça que j'aurais dû te parler. J'ai vu Robin avec sa classe. Il est chouette, votre gamin. Il en connaît un brin sur les vautours !

— Oui, il fera des études, Robin ! Peut-être un jour il sera comme toi… « écologue » !

Thomas et moi partons dans un éclat de rire. L'atmosphère est détendue. Je constate que les souvenirs ne se sont pas effacés !

— Il est beau, ton patou.

— Oui...

— Il a l'air bien dressé en plus.

— Élevé. Pas dressé !

— C'est quoi la différence ?

— La différence, c'est la relation. On peut imposer le respect mais la confiance, ça se gagne. Cela suppose une relation d'écoute. Réciproque. Avec un chien, c'est comme avec un cheval. Le but, c'est qu'il ait confiance, pas qu'il ait peur. Alors on peut l'élever. Pas le dresser.

— On doit pouvoir aussi appliquer ça aux humains, non ?

— Sans doute. Moi j'suis pas un pro des humains, juste des animaux.

— C'est à cause des loups que tu as ton fusil ?

— Oui...

Thomas s'est renfermé. Mais Nadia fait une moue de désapprobation.

— Thomas a hérité de la haine de son père pour les loups en même temps que du troupeau.

— C'est pas génial d'avoir la haine de quoi que ce soit. Ça ronge de l'intérieur.

— Oui... Il en fait des cauchemars, des loups.

— Et toi, Nadia ?

— Moi non, mais je ne suis pas de la même génération. Et puis j'ai été à la Bergerie nationale de Rambouillet.

— Ah bon ! Je ne savais pas !

L'école de Rambouillet est la grande école nationale de formation des bergers. C'est un lieu magnifique.

— C'est comme ça que j'ai connu Thomas. En venant en stage ici, c'était mon maître de stage. Je suis tombée amoureuse de la vallée. Et de Thomas. Mais moi j'ai grandi en banlieue parisienne. À Sèvres.

— Incroyable ! Et qu'est-ce qui t'a donné envie d'être bergère ?

— Un magazine de nature. À douze ans ma mère m'y a abonnée. C'était mon cadeau de Noël. J'ai lu l'article lorsque le loup est arrivé en France, dans le Mercantour. Ils racontaient que le loup faisait bon ménage avec les bergers du côté italien. Là-bas il y a encore des bergers avec les troupeaux. En France les moutons étaient laissés seuls dans la montagne. Mais c'est cher de payer un berger. Pour moi, des moutons sans berger, ça ne s'appelle pas un troupeau ! Alors j'ai voulu être bergère. Thomas n'a jamais voulu changer d'avis sur le loup. D'abord y a eu l'accident du Bois noir et il n'a pas voulu écouter les gens du village qui lui disaient que c'étaient des chiens qui avaient attaqué les brebis. Alors je suis partie. Trois mois. J'étais trop énervée. Mais je suis revenue. Pour Robin, et un peu pour Thomas. Parce que je l'aime quand même. Même s'il m'énerve. Puis y a eu l'attaque des loups de l'Échaillon...

— Elle est pas venue pour ça, Ana. Laisse-la tranquille !

— OK. De toute façon moi je redescends à Névache. Je vais faire le ravitaillement et je remonterai ce soir avec Robin. Demain, c'est samedi et il attend avec impatience de retrouver la vie à Buffère.

— À bientôt, Nadia ! Ça me touche beaucoup de vous voir ici. Moi aussi, enfant, j'adorais venir passer du temps avec Thomas et son père.

Thomas se balance d'un pied sur l'autre en donnant des petits coups de bâton sur le sol. Je suis également touchée par son histoire. On ne change pas les autres, même ceux que nous aimons, sans leur consentement. Dans sa haine du loup il y a quelque chose qui rattache Thomas à son père. Une fidélité. Il y aurait un conflit de loyauté vis-à-vis de ce dernier à abandonner ce combat. Thomas a été élevé seul par son père. Sa mère est morte des suites de son accouchement. Elle avait donné naissance à son fils chez eux, à la Gardiole, mais une hémorragie l'avait emportée faute de secours assez rapides. C'était une autre époque.

— Thomas, tu veux bien que je vienne garder le troupeau avec toi ?

— Si tu veux. Mais tu sais, ce n'est plus comme avec papa. Depuis le retour du loup dans les Alpes, ça a beaucoup changé !

— Justement, c'est aussi cela que je veux comprendre. Il y a neuf ans, la dernière fois que je suis venue, on ne parlait pas du loup.

— D'où ta réaction l'autre jour.

— Peut-être.

225

— En tout cas il y a des choses qui ne changent pas ; le matin, je fais la traite. Après seulement on monte vers l'Échaillon. Il ne pleuvra pas aujourd'hui.

Thomas regarde vers la Savoie où le temps se couvre un peu. Tant que le mistral souffle dans la vallée du Rhône, nous restons protégés. Ici c'est plutôt d'Italie qu'arrive le mauvais temps.

Je retrouve les grands yeux clairs de Thomas. Les yeux changent peu en vieillissant et il y a une trace d'enfance très présente chez ce gars de la montagne qui regarde le ciel pour ne pas avoir à me faire face. Je l'accompagne dans la soupente du chalet. Les fromages sont alignés dans leurs faisselles, une rotation quotidienne conduit les plus frais à arriver à maturité en une dizaine de jours. Thomas me tend un morceau de chèvre sec et je reconnais la saveur de l'enfance. Ce goût unique provient du lait issu de biquettes qui mangent l'herbe du vallon.

— Tu vois, Ana, quand il n'y avait pas de loup, on n'enfermait pas les brebis la nuit au milieu des filets. Maintenant elles sont parquées ici chaque soir. Les filets sont électrifiés comme les barbelés d'une prison !

— Tu as combien de brebis dans le troupeau ?

— Neuf cents, un peu plus que papa. À partir de mille deux cents, un garde-berger est obligatoire. C'est l'État qui le paye dans le cadre des mesures d'aide aux éleveurs depuis le retour du loup mais moi je veux rester tout seul. C'est déjà assez compliqué comme ça pour ne pas avoir en plus quelqu'un à gérer !

Une quinzaine de chèvres sont au milieu du troupeau. Les bergers ont toujours une affection particulière pour les chèvres qui ont bien plus de caractère que les moutons. La fonction des chèvres n'est pas d'abord de produire le lait pour les fromages mais de nourrir les agneaux dont les mères manquent de lait.

Thomas refait les gestes de son père. Il attrape un agneau, nettoie le sol des crottes là où il va poser son genou à terre, et maintient le petit qui s'empare goulûment des tétines de la chèvre. Tour à tour, six jeunes agneaux profitent du lait des biquettes. Thomas siffle ses chiens. Deux borders collies noir et blanc qui vont l'aider à conduire le troupeau.

— Cannelle, Joséphine ! Pousse !

Les deux chiens se placent à l'arrière du troupeau et poussent les moutons qui s'engouffrent par l'ouverture que Thomas a créée en ouvrant le filet. Durant près de douze heures le troupeau va suivre un parcours sur la rive droite du ruisseau de Buffère. Marchant à pas lents, les brebis et leurs agneaux ne s'arrêtant jamais de brouter l'herbe. Le troupeau entretient la montagne, il évite les herbes hautes qui pourraient prendre feu en fin d'été et maintient des alpages qui ressemblent à des greens de terrains de golf et ne se transformeront pas en forêts. Le travail des chiens est impressionnant. Au moindre ordre donné par Thomas ils orientent les moutons très exactement là où il souhaite les mener.

Nous marchons en silence. Devant nous le pic de Buffère et son flanc orangé, et derrière la Tête noire et les rochers de Privé qui dominent le petit lac. Une famille de marmottes joue en contrebas au milieu d'un chaos rocheux. Un sifflement aigu signale notre approche.

— Tu te souviens, Ana, de l'exposé que nous avions fait ensemble à l'école ?

— Bien sûr. À deux voix, je pourrais presque encore te le réciter : « Les marmottes habitent les alpages. Elles vivent en famille et hibernent du mois d'octobre à début avril... » À toi !

Thomas se gratte la tête et son visage s'éclaire avec un sourire :

— « Avant leur hibernation, elles préparent leur terrier où elles font deux nids. Le premier accueillera leurs excréments pour qu'elles puissent se vider avant d'occuper le second... »

— « Pendant l'hibernation, le cœur des marmottes ne bat plus qu'à trente pulsations par minute, ce qui leur permet de ne pas consommer d'énergie... »

— « Les marmottes sont des herbivores et ont comme prédateurs les renards et les rapaces. »

Nous éclatons de rire tous les deux après avoir mimé la scène comme deux élèves sages et disciplinés, debout devant le tableau noir, face à la classe.

Les chèvres se dressent sur leurs pattes arrière pour manger le bas des branches des mélèzes.

Thomas guide le troupeau vers le petit lac de l'Échaillon. À mi-pente, il me montre le squelette d'un mouton :

— C'est là que ça s'est passé... Ce que Nadia voulait te dire.

— Tu me racontes ?

— Oui. Parce que j'ai besoin que tu te rendes compte que depuis le retour du loup, la montagne, vue du côté des bergers, elle est plus comme avant. Désormais on vit avec la peur.

« L'année dernière, j'ai eu une équipe de techniciens qui est montée de la vallée pour installer des panneaux solaires sur la cabane. Pour les accueillir, j'ai mené le troupeau ici puis je suis redescendu à la cabane. Le soir je suis revenu chercher le troupeau mais c'est seulement en arrivant au parcage que j'ai remarqué qu'il me manquait deux brebis avec leurs agneaux. Je suis reparti là-haut à toute vitesse. La nuit est rapidement tombée mais j'ai sillonné la montagne avec ma frontale. Au bout d'un moment, n'entendant aucun bêlement, je suis rentré. Tu sais, Ana, le plus beau moment de ma vie de berger, c'est le soir. Quand les brebis ont pu manger toute la journée, que les derniers rayons du soleil éclairent le Grand Aréa, et que je vois mon troupeau qui se repose. Alors j'ai le sentiment d'avoir bien fait mon travail.

« Cette nuit-là je n'ai pas dormi. Je me suis senti coupable. Le lendemain, dès les premières lueurs du jour, je me suis levé et je suis remonté vers l'Échaillon. À peine passé le virage du

229

sentier j'ai vu une trentaine de vautours tournoyant dans le ciel. J'ai tout de suite compris que j'avais payé cher mon erreur de la veille.

Thomas a les larmes aux yeux mais il poursuit :

— J'ai avancé jusqu'à l'aplomb des rapaces. Au sol, il restait les deux têtes des agneaux et leurs mères éventrées, mangées de l'intérieur. Cette image me hante certaines nuits et je ne veux plus jamais revivre ça. Entre les bergers et le loup il faut choisir.

Je regarde mon ami avec tendresse, et je cherche un peu mes mots.

— Je suis désolée...

— Tu peux... Car pour le moment, les gens comme toi, à Paris, au ministère, ils ont choisi le loup. Ils croient qu'il suffit de nous payer nos filets de parcage, de nous donner des patous, de nous indemniser de la mort des brebis et du stress du reste du troupeau pour que nous soyons heureux. Ils veulent acheter la paix des bergers mais ils ne se rendent pas compte qu'un berger, tout son honneur il le met dans la protection de ses bêtes. C'est vrai depuis la nuit des temps. Une seule brebis manque à l'appel et c'est dans ses tripes qu'il est atteint. À part des chasseurs de prime qui ne durent pas longtemps, tu ne verras aucun berger qui n'est pas traumatisé après une attaque. Et cet été, il ne se passe pas une semaine sans qu'un troupeau soit attaqué dans le département. Peut-être cette nuit ce sera mon tour...

— Et alors, qu'est-ce qu'il faut faire à ton avis ?

— Choisir. Au moins on aurait pu limiter des territoires où ils sont tolérés et ceux où ils sont interdits. Mais c'est sûrement trop tard... Y a que si un écolo se fait dévorer par un loup qu'on a une chance que ça change !

Thomas me regarde du coin de l'œil.

— Les écolos ont la peau dure et ne sont pas très comestibles ! Ce qui est certain, c'est que c'est pas une bonne chose de laisser chacun faire la loi sur son territoire.

— Tu dis ça pour moi ?

Je ne réponds pas à la question. Je regarde le vallon désormais inondé de lumière.

— Paul n'est pas le père de Félix.

Je dis cela comme on crie. Des mots qui brûlent.

— Qu'est-ce que tu racontes ?

— Félix, mon fils. Ce n'est pas Paul son père.

— Qu'est-ce que tu racontes ?

— La vérité. Félix n'est pas le fils de Paul mais de Pierrot.

— De Pierrot !!!

— Oui. Mais il ne le sait pas.

— Pourquoi tu ne lui as pas dit ? C'est complètement dingue ça !

— Parce que j'étais enceinte de lui quand j'ai rencontré Paul. Et que je ne savais pas que je portais un enfant. Quand je m'en suis rendu compte, Paul m'a demandé d'avorter mais j'ai refusé. Alors il a dit qu'il reconnaîtrait l'enfant.

231

Paul fait partie de ces hommes qui sont jaloux de ceux qui les ont précédés. Je lui ai dit que ça ne changerait rien si j'avouais à Pierrot qu'il avait un fils. Finalement il m'a convaincue que c'était plus simple ainsi. Je me suis dit aussi que comme ça Félix n'aurait pas à gérer un double père. Plus le temps a passé plus ce secret est devenu lourd mais c'est difficile de mettre au grand jour ce que j'ai tu si longtemps.

— J'en reviens pas ! Et Félix, il le sait ?

— Bien sûr que non !

— Pourquoi tu me dis ça à moi ? Pourquoi ici ? Maintenant ?

— Je ne sais pas. Peut-être parce que j'ai envie de te dire que je ne suis pas parfaite. Que je ne suis pas celle que l'on croit. Que moi aussi j'ai fait des bêtises. Mais que je veux changer. C'est pour cela que je suis revenue dans la vallée. Pour retrouver mon chemin.

Thomas fait deux pas vers moi et m'attire contre lui, la tête contre sa poitrine, sa main frottant ma nuque.

— Ça va aller, Nanouche. C'est bien que tu sois revenue. Moi je crois que t'es quand même une fille bien.

— C'est gentil, Thomas.

Rien n'était calculé. Sans doute ne pouvais-je faire cette révélation qu'à quelqu'un auprès de qui je pouvais tester mes mots sans jugement. Sans prendre le risque d'être exposée au regard de mes plus proches. Quelqu'un également à qui j'avais été capable de confier ma vie dans les cordées les plus délicates.

Thomas s'assied sur un rocher, pose son fusil, et ouvre sa besace.

— Tiens, Nanouche !

Il me tend un morceau de pain et un fromage de chèvre.

— C'est fait maison !

— Merci... Je sais que la cohabitation entre le loup et les bergers n'est pas si simple. Je ne vais pas te dire le contraire. Tu as raison de dire que tant qu'on n'a pas passé un moment avec un berger, on ne se rend pas compte de la situation. Et tu as raison aussi, ce n'est pas à coup d'indemnités que l'on résoudra le problème. Sans doute faut-il développer des concertations, massif par massif. Le loup, c'est peut-être aussi l'occasion de refaire vivre les hautes vallées des montagnes. De donner du boulot à des Nadia, de remettre des toits sur les ruines des bergeries. Tu peux être de ceux qui écrivent cette nouvelle histoire. Entre les sangliers, les chamois, les bouquetins, les cerfs et tout le petit gibier, le garde-manger du loup, il est bien plein. Y a pas de raison qu'on ne trouve pas un équilibre mais encore faut-il qu'il y ait du dialogue.

Je pense à ma louve et à ses louveteaux et à mon idée d'attendrir le berger avec une vision Walt Disney de la tanière de Lascaux. La journée passée avec Thomas m'a permis de prendre conscience de l'absurdité de mon idée. Thomas n'a pas besoin d'être attendri mais d'être compris.

Il n'a pas besoin qu'on lui fasse la leçon et toute tentative en ce sens ne fait qu'exacerber sa position. Je le quitte en lui faisant promettre de venir faire un tour chez Pasco avec Nadia et son fils.

Je ne l'emmènerai pas voir Céline et ses petits. Il y a des destins qu'il faut laisser à eux-mêmes sans s'en mêler. J'ai fait ce que je devais faire en soignant la louve.

J'ai fait aussi ce que je devais faire en écoutant Thomas. C'est désormais à la louve et à ses petits d'apprendre à vivre sur le territoire des hommes.

11

Le monde tourne
et la croix demeure

Je suis allée chercher maman dans la maison spécialisée où elle est prise en charge. L'infirmière qui s'en occupe m'a dit qu'il fallait veiller à lui donner à boire régulièrement ; que maman était une pensionnaire très facile pour les soignants car elle ne se manifestait jamais, à tel point que l'on pouvait l'oublier.

Maman ne regarde plus le monde qui l'entoure. Pourtant ses yeux restent toujours grands ouverts, attentifs, presque étonnés. Ils ne sont pas tristes mais ils regardent au-delà. Un autre monde ? Un monde encore plus surprenant que le nôtre ?

Le dicton dit qu'on ne voit bien qu'avec le cœur. J'aime à penser que maman ne voit plus qu'avec son cœur. Ce qui est certain, c'est que nos cœurs se parlent encore, comme à la toute première heure, un dialogue qui n'aura jamais cessé. J'ai eu avec elle une relation continue. Une mère compagnonne, qui a partagé mon chemin ; capable d'assentiments mais aussi de questionnements sans que jamais ceux-ci ne soient intrusifs. Son écoute pouvait aussi être silencieuse. Ils sont rares ceux qui savent écouter vraiment sans se sentir eux-mêmes obligés de ponctuer la conversation de références à leur propre histoire. Certains de nos échanges téléphoniques donnaient lieu à des ricochets quand je recevais, quelques jours après une conversation, une coupure de journal ou une vraie lettre qui commençait souvent par une citation. Elle tirait alors un fil de son écriture tendre et régulière, un peu comme l'eau calme d'un lac. Maman écrivait avec un stylo à l'encre bleue, sur un papier bleu. Un ton sur ton qui lui ressemblait, comme si elle n'était pas sûre de ses mots et qu'elle écrivait presque en s'excusant de troubler la surface du papier. Les lettres commençaient par « ma chérie » ou « ma fille ». Ce « ma », que l'on définit comme un pronom possessif, ne l'était jamais. Il était davantage une protection tendre, une déclaration d'amour permanente et garantie à vie, un rocher auquel on peut s'accrocher en toute confiance sans risque qu'il se dérobe.

Je suis reconnaissante à mes parents de m'avoir fait grandir dans une atmosphère où pouvait s'exprimer et s'épanouir la petite fille que j'étais. Ma planète familiale était habitable au sens où l'entendent les astrophysiciens qui recherchent à travers l'univers des mondes habitables respectant le principe de Goldilocks. Goldilocks, c'est Boucles d'or en anglais. Ce fameux conte où une enfant, perdue dans les bois, rentre dans une maison pendant l'absence de trois ours. S'approchant d'une table sur laquelle sont posés trois bols de chocolat, elle boit au premier qu'elle trouve bien trop chaud, puis au deuxième, qui est trop froid et enfin au dernier qui est juste parfait. Une planète habitable doit disposer d'une « zone Goldilocks » : ne pas être trop près de son étoile pour ne pas être une fournaise, ni trop éloignée pour ne pas ressembler à un univers de glace, mais positionnée juste à la bonne distance pour que son atmosphère puisse accueillir la vie.

J'ai tenté d'appliquer ce principe de Goldilocks à ma façon d'être mère. Faire grandir Félix avec beaucoup d'affection mais sans totalement l'étouffer de baisers ; lui donner de l'autonomie sans pour autant qu'il se sente abandonné ; poser des limites mais en veillant à ce qu'elles ne deviennent pas un contrôle de chaque instant. On devrait aussi alerter les couples sur l'importance du principe de Goldilocks !

En rentrant dans la voiture, maman a attaché sa ceinture. Je suis surprise par son geste, elle qu'il faut désormais nourrir car elle ne sait plus le faire par elle-même. Je pourrais même me vexer. Comme si j'étais un danger public en voiture...

Je souris. Je lui souris. Je suis heureuse qu'elle vienne passer quelques jours chez Pasco. Heureuse qu'elle puisse encore marcher. Heureuse tout simplement qu'elle soit encore là même si cette présence a pris une autre forme.

Maman a mué. Les chenilles ne deviennent-elles pas des papillons ? J'ai désormais une maman papillon. C'est beau, un papillon, ça fait le lien entre la terre et le ciel. « Même pour le simple envol d'un papillon, tout le ciel est nécessaire », nous dit Claudel. Je suis d'accord avec lui, maman prend toute la place du ciel. Un jour elle sera une étoile, là-haut... Je la verrais bien juste devant Proxima du Centaure. Elle deviendra mon étoile la plus proche.

Dans six jours, c'est mon anniversaire. Le 10 juin. Elle sera là pour le fêter.

Kate a rejoint Maxime.

Les deux amoureux sont partis ce matin au Thabor, trois mille cent soixante-dix-huit mètres. Ils vont monter par la vallée Étroite.

C'est l'autre trésor de ce coin des Alpes, la vallée Étroite. Un morceau d'Italie confisqué à nos voisins à la fin de la Seconde Guerre mondiale. Une petite vallée où tout est encore italien. Jusqu'au permis de pêche qui est fourni par un garde italien. Les granges de la vallée n'ont rien à envier à la haute vallée de la Clarée. Re Magi, le refuge des Rois mages, est l'équivalent du Chevalier Barbu de Névache. Le refuge est dominé par une crête où Melchior, Gaspard et Balthazar, trois sublimes pointes rocheuses, prennent toutes les couleurs du jour. Au refuge, on mange tout ce que l'Italie a de meilleur. Des pâtes en premier lieu ! Que celui qui croit manger des pâtes en jetant des spaghettis dans de l'eau bouillante commande des *pene al pesto*

238

de Re Magi ! La sauce est un mélange de basilic, d'ail et d'huile d'olive et les pâtes sont faites avec une farine de vieux blé qui est cultivé dans le Val d'Aoste. On est bien loin des pâtes au beurre et tout proche de la haute cuisine !

C'est à la chapelle du mont Thabor qu'ont été dispersées les cendres de Siloé. C'est pour cela que Maxime a voulu emmener Kate là-haut.

À chacun ses pèlerinages, à chacun ses croix à porter ou à atteindre. À chacun ses gestes et ses rituels pour apprivoiser la mort, lui faire une place ou lui donner un sens. Je dois avouer que j'ai du mal à me préparer à la mort de ma mère. Comme si y penser était déjà la trahir.

L'homme a parfois plus d'imagination pour inventer une vie après la mort que pour imaginer celle d'avant. Je me souviens des mots d'Hubert Reeves, astrophysicien, mais aussi magnifique conteur d'histoires : « Personne ne sait d'où vient la vie. On a beau en savoir toujours davantage, évaluer à mille milliards le nombre d'étoiles dans notre galaxie et à mille milliards le nombre de galaxies, personne ne peut dire comment tout a commencé. »

J'aime que l'origine de la vie garde son mystère.

Pour la naturaliste que je suis, la mort en a moins. Il me suffit d'observer tout organisme qui vit, dans les mers ou dans les airs, végétal ou animal, pour constater qu'il est le résultat d'un cycle. Qu'il ne pourrait exister sans la mort de ceux qui l'ont précédé. Notre planète est recouverte de cette fine couche d'humus qui est indispensable à la vie. Cette matière organique est composée de tout ce qui est mort et s'est décomposé. Pourquoi l'homme, espèce au milieu des autres espèces, échapperait à cette loi universelle ? En quoi sa décomposition prendrait un autre chemin ? Plus encore : n'est-il pas rassurant qu'il soit à sa mesure lui aussi capable de contribuer au cycle de la vie ? N'est-ce pas cela la vie éternelle à laquelle nous participons en contribuant à cette expansion infinie de l'univers ? J'aime l'idée de la dispersion de mes cellules dans la terre puis dans le fruit que mangera l'oiseau qui un jour aussi rejoindra la terre et nourrira ainsi la spirale de la vie où tout se lie et se relie sans cesse. Savoir que je serai un jour un arbre est un joli projet de mort.

De quoi meurent les malades d'Alzheimer ? Leur dernier oubli est-il celui de respirer ?

Nous avons laissé la voiture de Pasco à Fontcouverte. Pas à pas nous grimpons le sentier. Je donne la main à maman. À moins que ce ne soit le contraire. Toute la vie, les rôles s'inversent. Je la porte à mon tour après qu'elle m'a portée dans ses bras. Elle qui m'a soignée enfant devient celle qui est malade et dont je prends soin. Peut-être est-ce ainsi l'occasion pour les enfants de rendre à leurs parents un peu de ce qu'ils ont reçu. J'ai fini par comprendre que le monde est bien plus complexe que je voulais le croire. Qu'en simplifiant j'ai souvent réduit, tronqué. Un peu comme un raccourci en

240

montagne. Il est fréquent de voir ceux qui les empruntent se faire mal.

Pasco vient à notre rencontre. Il embrasse sa sœur. Je le sens très ému. Je ne sais qui a le plus oublié l'autre ces dernières années. Je n'en veux pas à Pasco. Le refuge lui prend tout son temps. Et puis, c'est bien ainsi. Autant l'amour entre une mère et son enfant est inconditionnel, acquis pour la vie, autant les frères et sœurs entre eux n'ont ni dettes ni devoirs.

— Ana, on a reçu une lettre pour toi.

— Ah... qui m'a retrouvée ?

— Je crois que ça vient de Paris.

Pasco installe sa sœur à l'abri d'un parasol, sur la terrasse, face au massif des Cerces.

Je l'entends égrener les sommets un à un.

— Tu vois, Camille, la plus à gauche c'est l'Aiguillette du Lauzet, puis vient la Tête de la Cassille, trois mille soixante-neuf mètres, mon premier trois mille avec papa ! Ensuite c'est le pic de la Moulinière au-dessus du lac des Béraudes. Tu te souviens des Béraudes ? C'est le lac où on avait pêché des têtards que l'on avait rapportés à la maison. Ils étaient devenus des grenouilles qu'on avait relâchées dans le pré. Après c'est la pointe des Cerces, notre sommet à nous. C'est là-bas que Maxime a rencontré la p'tite Kate. Et la plus éloignée, tout à droite, c'est la pointe des Blanchets.

Effectivement, l'enveloppe porte l'en-tête du ministère.

Chère Ana,

J'espère que cette lettre vous trouvera en bonne forme.

Excusez-moi de rompre votre tranquillité car je sais bien que vous avez pris un congé jusqu'à la rentrée mais il me semblait important de vous tenir informée de la décision que vient de prendre la ministre concernant la participation de la France au programme Global Seed Vault.

La qualité de vos arguments et le dossier que vous avez présenté pour que nous rejoignions enfin ce coffre-fort mondial des semences ont porté leurs fruits.

À compter du mois de septembre nous souhaitons vous confier la sélection des semences françaises qui rejoindront le Spitzberg pour être définitivement protégées au bénéfice des générations futures.

Je vous félicite chaleureusement.

Jean-Xavier Feuvrier
Directeur de l'Agence pour la biodiversité

La lettre s'achevait par un post-scriptum manuscrit :

Vos combats vous honorent. Vos colères sont justes.
Stat crux dum volvitur orbis.

Le patron de l'Agence de la biodiversité est un Savoyard. C'est au cœur des forêts du département voisin que se trouve le monastère de la Grande-Chartreuse. C'est leur devise que me rappelle Jean-Xavier : « Le monde tourne et la croix demeure. » La devise des Chartreux nous fait la proposition qu'il existe quelque chose de plus grand que nous, un éternel amour, une ineffable tendresse, par-delà le ciel, un endroit qui se moque de nos gesticulations et de nos impatiences, un univers où la lumière ne s'éteint jamais et où nous attendent Siloé, les parents de Kate, la mère de Thomas, les saints et les sages de l'Occident comme de l'Orient...

C'est un drôle de signe que de recevoir cette lettre le jour où mes pensées osent à peine imaginer l'après-maman. Voilà que l'on me propose de prendre soin de la vie.

« *The Global Seed Vault* » est le nom anglais du projet dirigé par mon ami norvégien Åsmund Asdal. Tout ce qui reste de dix mille ans d'agriculture dans le monde est censé être accueilli sur cette île du Spitzberg, dans l'archipel du Svalbard. En 2008 je suis allée à l'inauguration.

66° nord... Latitude symbolique. Au-delà, c'est le cercle polaire.

66° nord... Paul-Émile Victor, Frison-Roche, Malaurie, Charcot...

Le Spitzberg est une terre des extrêmes. Impossible de ne pas ressentir l'émotion émanant du sillage des grandes expéditions polaires lorsque j'avais atteint ces 66°. C'est comme

243

Galápagos et Ushuaïa, 66° nord véhiculait dans mon esprit son lot d'images, de sensations que j'avais presque le sentiment d'avoir fait miennes en me laissant emporter par les mots de Frison-Roche. Les Inuits et leurs traîneaux, les parkas rouges des chercheurs sur une banquise éternellement blanche, le vert des aurores boréales dans la nuit nordique, les orques et les baleines qui donnent son relief à la mer alors que des ballets d'oiseaux sillonnent le ciel. Un bout du monde... À moins que ce n'en soit le début.

Si une catastrophe advenait, sont stockées au Spitzberg, à plusieurs centaines de mètres sous la roche et la glace, toutes les semences confiées par les États à l'ONU. Un corridor de plus de cinq cents mètres descend en pente douce sous la terre. On y accède par une simple porte métallique qui semble avoir été posée là par un artiste contemporain au milieu de la banquise. Au bout du couloir, trois portes donnent chacune accès à une immense salle. Une seule est aujourd'hui englacée, maintenue à moins vingt degrés. Les autres sont vides et attendent les dépôts, notamment celui de la France qui n'a pas encore rejoint ce programme. Là sont gardées plus de huit cent mille variétés différentes. En réalité, il s'agit d'un double. Un peu comme un jeu de clés qu'on laisserait chez un voisin au cas où l'on perdrait les siennes. Chaque État ayant son propre coffre-fort avec le premier jeu de clés. L'importance du projet se résume en un

244

chiffre : en un siècle ce sont les trois quarts de la biodiversité cultivée qui ont disparu.

Quand j'étais enfant, chaque village cultivait ses propres variétés de blés mais aussi de pommes, de patates ou de pois chiches... Les semences de l'année provenaient des récoltes des précédentes.

Le projet de coffre-fort mondial de l'ONU est le seul projet auquel a accepté de participer la Corée du Nord ! Devant les défis climatiques, l'organisation internationale a financé cette arche de Noé capable de stocker des variétés multiples dont certaines pourraient résister aux fléaux du futur. Depuis son ouverture, près de deux cents dépôts ont été effectués mais un seul retrait. C'était en octobre 2015, Mahmoud Solh, qui dirige l'Institut de recherche agricole dans les zones arides est venu retirer des semences pour reconstituer les collections perdues quand Alep est tombée aux mains de Daech. C'est à cet endroit que se trouvaient les semences du Moyen-Orient, en plein cœur du conflit syrien. Je trouve hautement symbolique que ce soit dans l'Arctique, au fin fond d'étendues de glaces, que soit protégée la vie.

Jean-Xavier Feuvrier a bien fait de m'adresser cette lettre.

En venant ici j'ai retrouvé mon axe. Le reste advient par surcroît. J'annonce la nouvelle mission qui m'est confiée à maman et Pasco. J'aime à penser que maman est fière de moi, même si elle ne peut pas me le dire. Une mère est toujours fière de son enfant. Elle a été de toutes les campagnes contre Monsanto et a continué, malgré les interdictions, à faire des échanges avec ses graines de tomates, de haricots géants, ou de maïs de couleur. Comme sur le chemin de Saint-Jacques, je marche de nouveau sur ses pas et c'est bien ainsi.

J'entends les sonnailles du troupeau de Thomas en contrebas.

Hier, avec Maxime et Kate, nous sommes allés rendre une dernière visite à la louve et ses petits. Nous avons défait son attelle et avons décidé de ne plus nous rendre à Lascaux et de laisser la nature faire le reste. Le soir même où j'ai rendu visite à Thomas, nous avons fait le serment de ne rien dévoiler du tir du berger ni de l'existence de Lascaux. Je suis parvenue à ce que Maxime regarde autrement Thomas. Je n'ai pas cherché à ce qu'il change son point de vue car le loup a aussi besoin de ses défenseurs. J'espère juste avoir ouvert un espace possible pour qu'il écoute mon ami berger sans le condamner par avance. Je ne sais si nous résoudrons un jour le problème du loup en France. Il est des débats qu'il faut se garder de conclure par des réponses tranchées mais qui doivent impérativement trouver des lieux où les points de vue s'expriment, où le dialogue peut se développer dans le temps. Cette confrontation des points de vue, si l'écoute est sincère de part et d'autre, est la seule chance d'esquisser des solutions. Cohabiter, ce n'est pas habiter côte à côte mais habiter ensemble.

Pour contribuer à la paix des alpages, j'ai invité Hugues à dîner avec Pierrot ainsi que Nadia et Thomas. Kate et Maxime m'ont aidée à faire la tartiflette et Pasco nous a sorti une vieille bouteille de chartreuse verte qui renferme le secret de la recette des moines : cent trente plantes différentes pour un élixir divin ! Kate a joué du piano bien entendu, et nous avons chanté avec elle. Nadia aussi a une très jolie voix.

Au moment de trinquer, Thomas a tenu à ce que je récite les dix commandements du Club des cinq.

Il est interdit de mentir...

Dès le premier article de notre loi, j'ai fondu en larmes... Seul Thomas savait pourquoi. Il me regardait en face, sans méchanceté mais avec exigence.

Je prétextai la fatigue et il égrena les neuf autres.

La tartiflette était délicieuse : le reblochon avait fondu au milieu des lardons et des pommes de terre, et Maxime avait eu la bonne idée de l'agrémenter de girolles ramassées l'automne passé et qu'il avait conservées en bocaux.

Alors que Pasco servait un verre de chartreuse à chacun, j'ai pris Pierrot par le bras pour le conduire à l'écart. Nous avons fait quelques pas et nous sommes assis sous la voûte céleste. Je mâchais mes mots comme un chewing-gum, avec l'appréhension d'un parachutiste qui fait son baptême de chute libre...

— Tu as vu comme le ciel est beau ce soir ?

— Oui, c'est une des plus belles périodes pour l'observer. Si tu veux tu peux venir avec nous demain. J'emmène toute la classe en bivouac à Buffère. Au programme, un grand feu de camp pour faire fondre des chamallows et une nuit sous les étoiles. Chaque enfant va essayer de dessiner sa carte du ciel puis de donner leur nom aux constellations les plus courantes.

— ... Pierrot, j'ai quelque chose à te dire.

— Je t'écoute...

— C'est à propos de Félix... Paul n'est pas son père génétique...

— Ah bon ! C'est qui ?

— C'est toi.

— Mais pourquoi ? Pourquoi tu...

— Parce que j'ai cru que la vie serait plus simple ainsi. Que tu n'as pas répondu à ma lettre. Que je n'ai pas voulu que le parcours de cet enfant commence par un malentendu. Et puis Paul l'a reconnu. On était jeunes. Tu comprends ?

En disant cela, je perçois bien, au visage de Pierrot éclairé par la lune, qu'il ne comprend pas. Pas du tout.

Il me regarde longuement, sans un mot. Je ne sais rien lire de ce regard. Je ne sais pas ce qu'il cherche lui-même au fond de mes yeux. Je tiens son regard pour ne pas le fuir. Ses yeux cillent légèrement et sa tête produit de légers mouvements de droite à gauche. Peut-être ne peut-il croire ce qu'il vient d'entendre.

248

Nous restons longtemps immobiles, comme si la vérité devait ainsi occuper tout le silence, toute la place qui lui avait manqué.

Doucement, Pierrot se retourne puis s'en va sans saluer personne. En rentrant, je dévoile à tout le monde les raisons de mon attitude étrange et du départ de Pierrot.

Thomas vient près de moi et me prend dans ses bras.

— Maintenant ça va aller, Nanouche...

Puis c'est Kate qui m'embrasse, entraînant avec elle Maxime. Pasco reste muet. Hugues joue son rôle de parrain et me recommande de laisser un peu de temps à Pierrot.

— Même si Félix a bien un père qui s'appelle Paul, il faudra un jour que tu lui parles de Pierrot.

— Seulement s'il en a besoin...

— Et tu ne crois pas qu'il en aurait besoin, là, au Canada ?

— Je ne sais pas.

La soirée terminée, alors qu'il ne reste que Pasco et moi dans la grande salle, il finit par sortir de son silence.

— Siloé savait. Elle me l'a toujours dit. « Le petit Félix, c'est le fils de Pierrot », elle le répétait à chaque fois qu'elle voyait ton fils. Je lui répondais qu'elle disait n'importe quoi mais elle me répondait : « Un jour, tu verras. »

Pasco me tend une enveloppe cachetée sur laquelle est écrit « Un jour, tu verras ». Dedans, une simple carte postale du volcan de La Réunion.

249

Au dos, juste quelques mots : « Félix est le fils de Pierrot et d'Ana. Siloé. »

Je suis sidérée.

— Tu sais, Ana, Siloé elle était un peu sorcière. Une gentille sorcière mais une sorcière quand même...

12

Le chemin du présent

Celui qui recouvre la vue après de longues années de cécité reste longtemps un aveugle aux yeux du monde qui l'entoure. Lui sait qu'il voit mais il doit le déclarer sans cesse à chacun de ceux qu'il croise comme une chose nouvelle. En restaurant la vérité je me retrouve dans la même situation. Le costume du mensonge ne disparaît pas d'un seul coup. J'avais intégré mes petits arrangements avec la vérité et fini par réussir la fusion de l'histoire de Félix avec celle de Paul.

Et l'atterrissage est très difficile.

— Pasco, j'ai besoin d'aller me frotter au rocher. Ça t'embête si je te laisse avec maman demain et que je pars faire la pointe de Crépin ?

— Par quel côté ?

— La face nord.

— En solo ?

— Oui. Depuis que je suis là tout le monde m'assiste, me conseille, me dorlote. J'ai besoin de reprendre un peu les rênes. De sentir que je vaux encore quelque chose toute seule.

251

— Tu sais que Crépin, c'est pas du gâteau !

— Oui, mais j'y suis beaucoup allée.

— Ça ne veut rien dire. Le rocher, il est jamais pareil. Plus les gens pensent le connaître, plus c'est là qu'arrivent les accidents ; c'est comme en voiture... Tu me promets de renoncer si tu sens que c'est trop dur ?

— Je te promets d'être responsable. Ça doit te suffire.

— Elle est comment la météo ?

— Très bonne.

— OK, je m'occuperai de ta mère. Mais sois...

— Chut !

La nuit est claire. Il est quatre heures du matin quand je me mets en marche. Je commence par rejoindre le GR 57 vers le nord. J'emprunte cette portion du Tour du mont Thabor qui suit une courbe de niveau en balcon au-dessus de la vallée.

Au fur et à mesure que j'avance le jour se lève. Je dérange un groupe de chamois venus boire au ruisseau de la Cula. À cette époque ils descendent s'abreuver aux premières lueurs du jour et à la tombée de la nuit. Dans la journée, ils rejoignent les rochers des hauteurs où ils ne sont pas dérangés et trouvent la fraîcheur. En remontant ils vont brouter dans les alpages et passent le reste du temps couchés dans les parois des sommets. Le groupe comprend un vieux mâle, trois femelles, leurs trois petits qui tiennent tout juste sur leurs pattes et quatre jeunes de l'année passée aux bois encore duveteux. En hiver ils descendent plus bas pour se nourrir et sont faciles à repérer sur la neige ; en été ils se méritent et il faut aller les chercher très haut. C'est un spectacle magnifique que de les voir évoluer dans des pentes quasi verticales. Nombre de grimpeurs rêveraient d'avoir leur adhérence au rocher.

Je laisse le refuge de Laval à ma gauche et traverse la Clarée sur le pont du Moutet. Face à moi, les ruisseaux argentés descendent du lac des Béraudes. Les premiers rayons du soleil créent de minuscules arcs-en-ciel quand ils flirtent avec les gouttes d'eau qui éclaboussent les abords du torrent. Les gentianes bleues poussent à côté de toutes petites fougères que je m'amusais à détourer dans mon herbier d'enfant.

Le sentier débouche sur le lac, juste à son exutoire. Il se découvre d'un seul coup. Ce matin, le lac n'est pas bleu mais orange. Les Cerces, embrasées par le soleil de l'aube, se reflètent à sa surface sans qu'aucune brise ne vienne la troubler. J'entends le sifflement de la guetteuse des marmottes signaler mon arrivée à sa famille. Je la vois fièrement dressée sur un gros rocher rond et siffler sans discontinuer tant que tous les siens ne sont pas à l'abri. Comme pour les chamois, c'est la période du jardin d'enfants et de multiples petits peinent à arrêter de jouer entre eux pour rejoindre leur terrier.

Depuis que j'ai quitté le refuge, je ne suis qu'à la montagne. Je ne pense qu'à elle, m'obligeant à un travail de présence exclusive à l'immensité du paysage qui m'entoure comme à l'herbe que je foule, au ruisseau que je traverse sur sa passerelle en bois, aux jeunes marmottes dissipées...

Chaque paysage a sa grammaire. En montagne, les sommets sont des majuscules, les torrents des virgules qui permettent de rythmer le regard, chaque être vivant trace des phrases dans ce paysage. Certains s'accordent entre eux et créent de la poésie. L'homme est invité chaque jour à être poète ou vandale.

Je retrouve le chemin du présent. Je cherche à ne pas l'alourdir de ce que j'ai accumulé dans mon sac ces derniers mois, ces derniers jours. C'est un peu fatigant de travailler à la connaissance de soi. Aujourd'hui je veux laisser mes pensées en jachère. Avoir la transparence d'un espace entre deux mots.

Les Béraudes est un site impressionnant. Minéral. Au bord du lac, devant une petite tente igloo beige, un homme immobile, enveloppé dans une parka et couvert d'un bonnet, pointe un énorme téléobjectif vers les rochers de la Moulinière. Il ne m'a pas vue et semble tellement concentré par son observation que je suis presque gênée de le perturber en passant à ses côtés.

Il finit par se retourner alors que j'ai la certitude de ne pas avoir fait de bruit.

— Excusez-moi...

— Je vous en prie, la montagne est à tout le monde.

— Je croyais avoir progressé en silence.

— C'est le cas, mais je vous ai sentie, vous étiez sous le vent.

254

— Je croyais que seuls les animaux avaient un tel odorat !

— Ça doit être la pratique. Et puis je savais que vous arriviez depuis quelque temps. Parce que là-haut ils vous avaient vue.

— Qui là-haut ?

— Un couple de gypaètes qui nichent dans la barre de rocher. Venez voir.

L'homme m'invite à regarder à travers le viseur de son appareil. Je découvre le nid dans la falaise. Les deux rapaces côte à côte qui regardent vers nous. Je croise leur regard. Un œil jaune. Sublime !

— Magnifique !

— Oui. Superbe ! C'est la première fois qu'ils nichent dans cette vallée. Vous voulez un café ?

— Volontiers. Je m'appelle Ana.

— Et moi Vincent.

À ce moment-là, l'homme enlève son bonnet et je le reconnais…

— Vous êtes Vincent Munier ?

— Oui.

— Incroyable ! J'ai suivi tout votre parcours grâce à *Terre sauvage* ! Votre père qui vous a appris la photo, et maintenant vous qui êtes parmi les meilleurs du monde !

— N'exagérons pas.

— Ça aussi je l'ai lu dans *Terre sauvage*. Vous êtes très gentil et très modeste !

Vincent a sorti un bleuet de sa tente et nous fait chauffer de l'eau.

— Je m'attendais à tout sauf à vous trouver ici. Vous venez souvent ?

— Non, c'est une première. Mais je trouve que c'est une vallée magnifique. C'est la LPO qui m'a prévenu qu'il y avait un couple de gypaètes qui nichaient. Je ne connaissais pas la vallée alors je suis venu. Mais il fait trop beau pour moi !

J'éclate de rire. Munier est connu pour ses photos dans le Grand Nord, pour des images d'oies sauvages sur des lacs gelés, de bœufs musqués dans le brouillard, de loups au pelage qui se confond avec la neige, pas pour les ciels bleus !

— Et vous, vous faites quoi ?

— Rien… C'est ma vallée. Je suis en vacances pour l'été.

— Ah… Pourtant j'ai aussi l'impression de vous avoir déjà vue.

— Je ne pense pas. Vous êtes là pour combien de temps ?

— Cela fait cinq jours et j'attends l'envol des petits puis je partirai.

— Déjà cinq jours ! Au même endroit ? À regarder le même nid ?

— Ben oui. Si je veux faire deux trois photos un peu originales, il faut ça.

— Moi je ne pourrais pas !

— Oh que si… Ça s'apprend. La vacuité. Faire le vide, c'est comme une méditation. Ne rien attendre et tout donner au point d'en oublier de respirer. Vous n'imaginez pas comme c'est bon. Alors vous n'êtes plus que souffle, traversé par quelque chose qui ne vous appartient pas mais qui pourtant est la seule chose qui vous tient debout. Une pulsation venue des entrailles de la terre, volcanique.

Une énergie qui ne demande qu'à être mobilisée. Certains sont moines bouddhistes, ou cloîtrés derrière les murs d'une abbaye, moi je suis un moine photographe. Je nourris à ma façon la prière du monde. Mes photos racontent autant une histoire sacrée que les icônes orthodoxes ou les vitraux de Notre-Dame de Paris. La même histoire...

— *Stat crux dum volvitur orbis*...

— Vous connaissez aussi la devise des Chartreux ! Alors nous tournons un peu autour de la même croix.

— Je ne sais pas. Je cherche un peu mon chemin en ce moment.

Vincent a de beaux yeux. Peut-être que cela aide aussi à faire de magnifiques photos.

— Merci pour le café ! Je vais continuer mon chemin.

— Vous allez où ?

— Là-haut ! Derrière. Crépin, ça s'appelle.

— Eh bien vous voyez, ça, moi je n'y arriverais pas !

— Sans doute que si. Ça exige aussi d'être plein de vide. À bientôt peut-être !

— Qui sait ? Au revoir, Ana.

J'ai un peu le sentiment d'avoir pris une petite leçon de philosophie. Comme si cet homme avait été mis sur mon chemin du jour pour m'aider à regarder la vie en face. Je marche et me reviennent à l'esprit les mots de Lelouch dans *L'aventure c'est l'aventure* : « Jouissez de la vie, il est bien plus tard que vous ne le pensez. » Cette invitation un peu triste me parle et me réveille.

Je contourne les Béraudes comme lorsque l'on monte à skis de rando pour faire le tour de Moutouze, mais au lieu de basculer dans la descente, j'attaque le pierrier au-dessus du petit lac Sorcier. Un lac qui disparaît régulièrement faute d'eau et qui entretient la légende qu'en disparaissant il emmène avec lui un sorcier qui porte sur son dos toutes les colères des habitants de la vallée. Je lui dépose les miennes.

Grimper dans un pierrier revient à faire deux pas en avant et un en arrière. En descente, c'est plus drôle ! Le névé des Cerces a fondu. Cela fait bien longtemps qu'il ne résiste plus à l'été. C'est comme la mer de Glace de Chamonix. Que tous ceux qui doutent du réchauffement climatique prennent le petit train rouge et aillent voir le glacier, ou ce qu'il en reste ! Mais comme j'ai déposé mes colères dans les bras du Sorcier, j'évite d'en créer une nouvelle.

Les Cerces me dominent, juste à ma droite. Je les contourne par l'arête. Le chemin devient plus technique. À droite le vide, à gauche le vide. Bien marcher au centre… Comme avec Natha sur sa ligne, ne pas regarder ses pieds mais au loin, devant. Je suis maintenant dans le dos de la main de Crépin, au pied de sa paume. Dieu, ou le diable ? C'est là-haut que j'ai décidé de monter. Il n'y a pas de vent. Le ciel est bleu à en rendre jaloux Majorelle. On va dire que ce sont plutôt les dieux qui sont avec moi que les représentants des enfers.

La falaise est devant moi. Je mets mon casque et sors de mon sac tout mon équipement : un baudrier, sept dégaines, mon bongo, un descendeur et des pitons. Normalement, c'est une voie qui doit déjà être équipée mais comme le rocher peut être friable, je veux pouvoir être autonome. Les dégaines pendent le long de ma hanche droite, la poche de magnésie est accrochée au milieu de ma ceinture, à la gauche mon bongo, le marteau Petzl que m'a offert papa il y a près de vingt ans. Il en a planté des pitons, celui-là ! J'ai pris cinquante mètres de corde, qui doivent largement suffire.

Le rocher nu s'offre à moi. « S'offrir » est un terme un peu particulier car en réalité celui qui s'offre le plus à l'autre, c'est bien moi ! Lui ne risque pas grand-chose, moi beaucoup plus ! Le plus nu des deux, c'est moi !

Je frotte mes mains de magnésie. Je regarde mes doigts tout blancs. Chaque sport a ses rites, ses symboles ; la main blanchie de magnésie est l'un des marqueurs du grimpeur. On reconnaît celui qui travaille la terre à ses mains calleuses, le marin à son visage buriné, le grimpeur se distingue à ses doigts enfarinés. Je passe la corde dans le mousqueton, puis dans la dégaine, je tends la main vers le premier piton où je m'assure, je pose les doigts contre la roche, ma première prise... Les gestes reviennent, automatiques, et s'enchaînent, mes muscles se tendent, j'accroche une nouvelle dégaine, la corde dans le mousqueton, une main, la pointe du pied ; épouser le rocher, il n'a pas le choix, pour quelques heures je suis à lui...

Quelques murs courts puis un relais suspendu à gauche. À droite un magnifique éperon puis une belle dalle à gauche et la cheminée dans laquelle je m'engage. Les chocards volent dans le ciel bleu. En bas, si loin, si bas, la vallée... Je suis de ceux d'en haut. Cette race à part qui revit quand elle trempe sa main dans la magnésie comme dans un bénitier. Onction de l'extrême...

Une jolie fissure succède à une nouvelle dalle avant une vire, puis un mur qui n'est plus équipé et où je replante deux pitons. Le rocher n'avait pas demandé ces piercings supplémentaires. Le rocher est silencieux. Moi aussi. J'entends seulement le cliquetis de mes dégaines. Le sommet approche. Un court éboulis puis un bel éperon que je prends bien à droite pour rejoindre un mur fissuré. La sortie de la voie est à portée de doigts, juste à gauche. Je laisse ma main suivre la roche, mes doigts chercher une prise, je vois le petit bracelet noué à ma main droite. C'est Félix qui l'a tissé et me l'a mis au poignet il y a un an. Un fil bleu et un fil jaune tressés entre eux.

Ma main se met à trembler, légèrement puis de plus en plus fort. Je ne comprends pas pourquoi.

Félix... La seule pensée de Félix...

Je ne peux pas faire les derniers mètres sans me calmer. Je plante un deuxième piton pour m'assurer. Je donne un coup avec le bongo, un deuxième mais il s'échappe de ma main. Je ne l'ai pas assuré. J'entends le métal rebondir, tinter contre la roche durant sa chute, puis se taire. Me voilà accrochée à la falaise. Tétanisée. À moins

260

de deux mètres de la sortie vers le sommet. C'est absurde. J'essaye de retrouver le vide.

Je pense à Kate, la gamine de la falaise. Je revois la photo du loup blanc de Munier sur la couverture de *Terre sauvage*. Il me regarde dans les yeux.

Le piton que j'ai mal planté lâche. Je lance ma main vers le sommet dans un geste de rage. Mon index et mon majeur s'agrippent. Je ne tiens qu'à deux doigts.

Lentement j'opère la traction sur ces deux doigts et ma main gauche trouve une nouvelle prise. Je me hisse en haut, épuisée, vidée. En quelques secondes j'ai perdu toute mon énergie. La peur donne des ailes mais les coupe aussitôt le danger passé. Je suis agrippée à la roche. Je bois et mange les barres énergétiques que j'avais emportées. Je m'assure au piton qui permet la descente en rappel côté sud et je ferme les yeux.

Je crois que j'ai dormi, ou perdu connaissance. C'est un cri qui me réveille.

— O.é ! O.é !... O... é ! A.a, A.a !! A.a va ?

Je ne reconnais pas cette voix. Mais je crois que c'est une voix qui dit mon nom. C'est une voix qui sauve. Qui me ramène au monde. Je porte le sifflet accroché à mon sac à dos à mes lèvres et siffle. Trois coups. Je balance la corde dans le vide, passe le descendeur. Cinquante mètres ne suffiront pas à tout redescendre. Je dois faire au moins deux relais.

Je n'ai jamais connu pareil état. Sauf un jour, à Paris, avenue de l'Opéra... Je passe la corde dans le mousqueton puis dans le descendeur et je m'engage. Je descends par à-coups. En bas j'entends crier de façon plus distincte.

— Ana ! Ana ! Ça va ?

Je voudrais répondre mais ma voix s'arrête dans ma gorge. J'arrive au premier relais. Lentement je m'assure. Je récupère les cinquante mètres de corde et les relance dans la pente. Je reprends la descente.

— Ana ! Ana ! C'est Vincent. Je suis là. Je ne peux pas monter. Je suis désolé. Mais je suis là. Ça va aller.

Le loup blanc… Nourrir mon loup blanc…

— Allez-y. Plus que quelques mètres. Ça y est !

— Merci, merci… Merci. Je ne sais pas ce qui m'est arrivé. Un grand vide.

— Faire le vide n'oblige pas à se jeter dedans !

Le photographe me sourit et me tend le bongo.

— Je l'ai ramassé là-bas. Il brillait au soleil.

Je regarde ses yeux. Il a les yeux de la louve. Vincent me prend sur ses épaules comme si j'étais aussi légère qu'un édredon et, en silence, me ramène à son bivouac. Il m'enveloppe dans son duvet et je m'endors au bord du lac.

À mon réveil la course du soleil commence à descendre. « Il y a des êtres qui font d'un soleil une simple tache jaune, mais il y en a aussi qui font d'une simple tache jaune, un véritable soleil. » Picasso a raison. Vincent Munier fait partie de ces personnes qui regardent la vie comme on écrit de la poésie. N'est-ce pas tout l'enjeu de notre projet de société que d'en préciser son dessein poétique avant de le considérer

262

sous un angle technique et financier ? Est-il possible de vivre sans tenter d'insérer chacun de nos gestes et de nos mots au sein d'une poésie incandescente qui éclaire plus que nos seuls pas mais donne à notre vie sa place parmi les étoiles ?

« Poésie » provient du terme grec « *poïèsis* » qui signifie en quelque sorte « produire pour transformer de la matière en avenir ». Nous manquons cruellement aujourd'hui de cet exercice qui dessine un avenir et propose ainsi un idéal que chacun de nos gestes peut nourrir. Pire que de produire sans en comprendre le sens, nous produisons désormais avec la certitude que chacun de nos gestes brûle chaque jour davantage par anticipation les pages vierges du livre de l'avenir de l'humanité. Ce préalable poétique, avant d'être collectif, doit être individuel. Certains parviennent à l'écrire en marchant, d'autres doivent s'arrêter pour y parvenir. En venant dans la Clarée, je suis venue retrouver cet élan pour écrire. « Pour écrire un seul vers, nous dit Rilke, il ne suffit même pas d'avoir des souvenirs. Il faut savoir les oublier et ce n'est que lorsqu'ils deviennent en nous sang, regard, geste, lorsqu'ils n'ont plus de nom et ne se distinguent plus de nous qu'il peut arriver qu'en une heure très rare, du milieu d'eux, se lève le premier mot d'un vers. »

C'est bien ainsi que la vie retrouve sa puissance. Quand nous ne nous mouvons plus sous la seule impulsion de notre volonté mais que nous entendons l'invitation à écrire ne serait-ce qu'un seul vers indispensable au mouvement de la poésie du monde.

Le photographe a repris son observation, les yeux rivés vers le nid de gypaètes.

— Comment ça se fait que vous m'ayez rejointe au pied de Crépin ?

— Une récréation. Au lieu de surveiller mes piafs, quand je vous ai vue attaquer la falaise, je vous ai suivie au téléobjectif. J'ai de très belles photos ! J'étais impressionné. Puis je vous ai vue immobile, à quelques mètres seulement du sommet. Au début je me suis dit que vous deviez apprécier ce moment de victoire puis j'ai vu que vous lâchiez le piolet et je l'ai entendu dégringoler. J'ai compris qu'il se passait quelque chose de pas très normal. Alors je vous ai rejointe. Mais moi je ne sais pas grimper.

— Merci encore. Je crois que ce dont j'avais le plus besoin, c'était entendre une voix. Juste une voix qui me raccroche à ici. Savoir que je suis encore du côté des humains.

— En voilà des drôles de pensées. Vous savez, j'ai retrouvé qui vous étiez quand vous êtes partie. Vous n'êtes pas n'importe quelle Ana ! Vous êtes Ana Féclaz. Celle de l'*Erika*. C'est aussi vous qui venez de dénoncer le Greenstop. Vous avez du courage !

— Merci… Mais vous voyez, je suis un peu fragile.

— Heureusement. Celui qui ne l'est pas est une brute, ou une machine. Vous ne voulez pas rester cette nuit ici ?

— Non, c'est gentil, mais j'ai ma mère qui m'attend.

— À votre âge ? La permission de minuit ? Et elle ne peut pas rester sans vous ?

— Je ne sais pas.

Je regarde l'autre rive de la vallée. Ma mère m'attend. Sont-ils si nombreux ceux qui m'attendent vraiment ?

— Allô, Pasco, c'est Ana.

— Ça va ? Tout va bien ?

— Oui, ça s'est très bien passé. Mais j'ai rencontré Vincent Munier. Tu sais, le photographe ?

— Incroyable ! Qu'est-ce qu'il fait ici ?

— Il est en bivouac aux Béraudes. Il fait des photos de gypaètes. Il m'a proposé de rester coucher ici. Ça va maman ? Si c'est possible pour toi je ne reviens que demain matin.

— T'inquiète, elle va bien. Profite !

— C'est OK. J'ai la permission de découcher.

— Super. Alors je prépare un festin : des pâtes au beurre !

— Ça doit être très bon. J'en ai jamais mangé !

Pendant que Vincent prépare notre repas gastronomique, je prends le livre qui traîne dans l'herbe à côté de sa tente, Victor Hugo, *En voyage, Alpes et Pyrénées*.

Une page est cornée :

« Les sommets des montagnes sont pour nous des espèces de mondes inconnus. Là, végète, fleurit et palpite une nature réfugiée qui vit à part. Là s'accouplent, dans une sorte d'hymen mystérieux, le farouche et le charmant, le sauvage et le paisible. L'homme est loin, la nature est tranquille. Une sorte de confiance, inconnue dans les plaines où la bête entend les pas humains, modifie et apaise l'instinct des animaux. Ce n'est plus la nature effarée et inquiète des campagnes. Le papillon ne s'enfuit pas ; la sauterelle se laisse prendre ; le lézard, qui est aux pierres ce que l'oiseau est aux feuilles, sort de son trou et vous regarde passer. Pas d'autre bruit que le vent, pas d'autre mouvement que l'herbe en bas et le nuage en haut. Sur la montagne, l'âme s'élève, le cœur s'assainit ; la pensée prend sa part de cette paix profonde. »

Les mots de Victor Hugo résonnent avec mon état. La disharmonie disparaît avec l'altitude. Et, quand l'homme résiste, l'alliance des forces du ciel et de la terre, de l'eau et de la pierre le ramène à sa vérité. Ici on ne triche pas. Ou on perd…

En retrouvant la montagne je ne suis pas venue pour être jugée par quiconque d'autre que moi-même. En étirant ce rendez-vous de saison en saison, j'ai pu remettre mes pas dans mes pas. Vingt ans après je retrouve des sensations intactes qui me rassurent. Je n'ai pas usé l'essentiel : ma capacité d'émerveillement !

La tente igloo est éclairée comme une soucoupe volante posée au cœur de la nuit. Les étoiles ont pris toute la place dans le ciel. L'étoile Polaire ne disparaîtra pas cette nuit. Elle indique toujours le chemin aux hommes et aux femmes qui se perdent.

13

À la verticale de mon âme

La chambre de maman jouxte la mienne. Une porte communicante entre les deux. Je la laisse ouverte la nuit pour guetter le moindre geste inquiétant. Quand elle dort, j'ai l'impression que rien n'a changé. C'est une image rassurante de voir sa mère dormir. Je m'agenouille devant son lit et pose doucement ma tête sur son ventre. Je n'attends rien mais j'ai besoin de ce contact. Je l'entends respirer calmement.

Tout à coup je la sens lever son bras et poser sa main dans mes cheveux en les caressant lentement...

Maman... Maman...

Mais seule la main sur ma tête atteste que je n'ai pas rêvé...

Je t'aime, maman.

Je suis restée ainsi longtemps. Un temps arrêté par ce geste qui vient de si loin et que je croyais à jamais perdu...

Nous sommes le 10 juin. J'ai cinquante ans.

En ouvrant la fenêtre, j'embrasse un paysage qui peut me laisser croire que j'ai toujours huit ans, seize ans ou trente ans. Mon paysage intérieur a un autre aspect. Je perçois bien des envies, des désirs, des élans qui ont la vitalité de la jeunesse mais il y a une femme qui ne peut mentir avec son âge. Celle de huit ans avait une humeur invariablement joyeuse, celle de seize une envie de parcourir le monde pour éprouver le goût de la liberté, celle de trente la certitude de pouvoir le changer. Celle de cinquante ne peut pas facilement s'échapper des mailles qu'elle a tissées elle-même. Je refuse pourtant que la résignation devienne ma sagesse.

Il faut que je compose avec ce qui ne sera plus comme avec ce qui sera toujours. Du côté du manque, il y a celui d'enfanter de nouveau. J'ai aimé être mère et j'aurais voulu redonner une chance à un couple de porter l'utopie d'une famille, cordée où accrocher des joies et des projets, des rêves et des idéaux de partage d'un temps long, celui d'une vie.

Du côté de la permanence il y a cette montagne, ce qu'elle porte en elle de mon histoire et qui m'offre mon meilleur miroir. Ceux qui me sont chers, même quand ils en partent, et y reviennent. Ce sont eux qui m'ont vue grandir et que je ne veux plus jamais oublier. J'aime reconnaître chez eux le regard qu'ils portaient sur l'Ana enfant. J'aime qu'ils ravivent en moi la flamme de l'origine. Qu'ils me rappellent la citation de Saint-Exupéry : « L'homme qui réussit sa vie est celui qui réalise ses rêves d'enfant. » C'est cela que j'ai retrouvé dans ma vallée. J'ai retrouvé mon unité, le chemin perdu, la clarté sur ce chemin. C'est de là que vient son nom : la Clarée. C'est elle qui éclaire, qui renvoie la lumière, fait briller le ciel dans le mouvement de ses eaux. Autour de chaque feu que j'allume dans la cheminée du refuge, je rassemble les Ana de huit, de seize et de trente ans avec celle de cinquante.

La fumée qui s'échappe de la cheminée rejoint les nuages qui traversent des océans que je ne traverserai pas, s'accrochent à des sommets que je ne gravirai jamais mais qui me relient au reste du monde. J'ai besoin de cela aujourd'hui. Être certaine que je suis encore, simplement à ma place, auprès du métier à tisser de l'étoffe du monde. Une étoffe qui a parfois besoin d'être rapiécée. Un peu comme moi...

Je pousse la porte de maman et ouvre les volets. Elle regarde vers le plafond, les yeux grands ouverts.

Les mots du *Dormeur du val* de Rimbaud me reviennent... « Pâle dans son lit vert où la lumière pleut. »

Je la prends dans mes bras et l'embrasse longuement.

Bon anniversaire, maman. Je te souhaite une belle journée de l'anniversaire de ta fille. C'est le nôtre. Cinquante ans que tu as croisé mon regard pour la première fois. Je te remercie, maman, toi qui m'as mise au monde, offerte au monde autant que tu m'as offert le monde.

Je l'habille comme on habillerait une poupée de chiffon. Ce n'est pas drôle de jouer à la poupée avec sa mère. Pasco a glissé un petit mot sous ma porte : « Bon anniversaire, Nanouche ! Nous partons avec Maxime et Kate faire quelques courses à Névache pour fêter cela à midi. »

C'est une belle journée !

C'est immense une « belle journée » et pourtant c'est si simple ! Il ne tient qu'à moi qu'elles soient moins rares, ces belles journées. Apprend-on dans les écoles à savoir distinguer une belle journée ? Savoir les regarder comme telles, le bleu du ciel, le chant du torrent qui coule en contrebas, les chocards qui se chamaillent dans les airs, les pointes des cathédrales de la vallée dressées vers là-haut, comme pour guider nos regards et nous faire écrire en majuscules.

Transformer des taches jaunes en soleils... Je suis sûre que Pierrot enseigne cela à ses élèves.

Le petit déjeuner est installé sur la terrasse.

Trois bols.

J'accompagne maman vers la table et lui noue une serviette autour du cou.

C'est alors que je le vois. Il me regarde faire. Ses yeux remplis d'émotion, il regarde comment j'aime encore l'absente-présente.

Mon père...

Je laisse tomber mes bras le long de mon corps et le dévisage à mon tour. Nous prenons chacun le temps du silence. Dévisager, envisager, redonner son visage à celui dont les traits du quotidien s'étaient effacés. Je pince mes lèvres pour retenir mon émotion mais je n'y parviens pas bien. Les larmes coulent de mes yeux avec douceur. Elles voilent son visage. Ajoutent un peu de flou à ses cheveux gris qui ondulent, troublent sa barbe mal taillée, sa silhouette haute et large qui rassure encore la femme de cinquante ans comme elle rassurait la petite fille de huit...

Je fonds en larmes dans ses bras.

— Joyeux anniversaire, ma fille que j'aime.

— Merci. Merci, papa. C'est bon de te voir ici, aujourd'hui.

— C'est bon d'être là également. Assieds-toi. C'est moi qui vais vous servir.

Après avoir versé la chicorée dans mon bol, il verse son thé à maman. Je reconnais cette odeur. Le thé des amants, du Palais des thés. Cela faisait des années que je n'avais pas senti son odeur. Papa a aussi acheté des croissants, qu'il pose dans une corbeille avant de s'asseoir à ma gauche. Me voici de nouveau entre mon père et ma mère.

Une très belle journée...

Un privilège. Celui dont les parents sont séparés sait que c'est un privilège d'être assis entre son père et sa mère. D'autres qui le sont tous les jours ne le savent pas. Heureux enfants ignorants. C'est souvent quand il s'en va que l'on reconnaît le bonheur...

— Mais comment tu savais que j'étais là ?

— Par Pierrot. Il m'a envoyé un mail il y a plusieurs semaines. Mais comme je ne regarde jamais mon ordi... Il n'y avait que quelques mots : « Ana est de retour dans la vallée. Elle ne va pas trop bien. Je pense que ce serait bien que tu viennes. »

Mes larmes se remettent à couler. Comment imaginer que Pierrot ait pensé à faire ce geste ? Pierrot le bon. Je pleure d'émotion mais aussi de cet épais silence qui l'habite depuis l'autre jour.

Je raconte à mon père ce qui s'est passé depuis que j'ai retrouvé la vallée ; l'autorisation du Greenstop, mon départ de Paris, la venue de Kate, Thomas et la louve, et enfin Pierrot et Félix. Papa m'écoute sans m'interrompre. Lui aussi est un homme bon. Ses yeux clairs cernés de rides, mis en valeur par une peau burinée, me regardent avec l'éclat de la tendresse. L'éclat de la tendresse n'est pas celui de la joie. La tendresse ressemble à un hamac qui se balance silencieusement et vous enveloppe, suspendu entre terre et ciel. La tendresse n'envahit pas tout l'espace, elle laisse à chacun une délicate distance où l'effusion ne donne pas le ton et où la douceur peut s'épanouir sans crainte.

— Tu sais, ma chérie, je t'ai toujours fait confiance et j'ai respecté tes choix même lorsque j'avais le sentiment que tu t'engageais sur des chemins que je ne comprenais pas toujours. Je te savais trop fière pour partager tes doutes, or je sais combien le doute peut être fertile quand il est exprimé. Je n'avais donc qu'à accepter cette mise à distance que tu imposais, à l'accepter par respect pour la jeune femme qui se construisait. Il a parfois été difficile de me taire. Me taire alors que j'aimais tant Pierrot, qui était comme

272

un fils mais me taire aussi quand tu m'as présenté Paul. C'est bien dans les attributions des parents que de s'adapter aux courbes de terrain de la vie de leurs enfants, de les accompagner, d'apprendre à aimer ceux qu'ils aiment...

« Apprendre aujourd'hui que mon petit-fils est né de Pierrot est une immense joie. Tu sais combien j'aime Félix, combien son authenticité me touche, sans doute parce qu'elle me rappelle la tienne au même âge mais je comprends aujourd'hui qu'il la tient, sans même le savoir, également de cette verticalité qui caractérise Pierrot.

« Il ne te reste plus qu'un pas à faire...

« Dire la vérité à ton fils. Alors seulement tu seras complète.

« Ne crois pas que cela enlève quoi que ce soit à ce que Paul a fait pour lui. Ça donnera simplement à Félix une clé qui lui manque pour savoir qui il est. Peut-être ne se rend-il pas compte aujourd'hui de l'absence de cette clé mais un jour il se retrouvera devant une porte close et il en aura besoin. Tu peux faire un parallèle avec ce mal-être avec lequel tu vis depuis cette autorisation de mise sur le marché d'un produit tueur de libellules. Quand tu ouvres en toi une faille d'intégrité, elle se nourrit comme une plante carnivore. Tu n'as pas le choix d'aller au bout de la course. De sortir par le sommet. Si tu restes dans la paroi, le mauvais temps reviendra un jour. Ne t'inquiète pas pour Pierrot. Il n'est pas parti bien loin...

Je repense à la falaise de Crépin. À Vincent, à Victor Hugo.

— Merci, papa. Tu as raison. Je vais réfléchir à la bonne façon de faire.

Maman s'agite. Est-ce pour m'encourager aussi à parler avec Félix ? Je remarque qu'elle a maintenant le soleil dans les yeux et je l'accompagne dans le transat face aux pointes des Cerces qu'elle aime tant puis je reviens auprès de mon père.

— Et toi, papa ? Maman... Pourquoi es-tu parti ?

— Tu sais, là aussi il s'agissait d'intégrité. Celle que j'ai quittée n'est pas ta mère. J'ai quitté une femme qui n'était plus la mienne. La mienne s'en est allée avec ce papillon de printemps qui était posé sur le rebord de la fenêtre le jour où elle m'a demandé ce que je faisais là à la regarder. Elle a alors voulu qu'on appelle la police car je n'avais rien à faire chez elle. J'ai regardé le papillon sur le bord de la fenêtre, un magnifique apollon avec ses ailes blanches tachetées de noir. Il s'est envolé une première fois avec quelques battements d'ailes puis s'est posé sur ma main avant de partir dans le ciel pour un endroit où je ne pouvais le suivre.

Je prends les mains de mon père dans les miennes. Ces mains noueuses à la peau recouverte de taches brunes qui ont soigné autant que pris le soleil. Je pose des baisers sur ces mains.

— En partant j'ai voulu rester fidèle à l'amour que j'ai toujours porté à une femme qui s'appelait Camille et qui savait que je m'appelais Yves. Tu connais la devise des médecins ?

— Ne pas nuire.

— Exactement. C'est une devise qui ne devrait pas être seulement celle des médecins. Ne pas nuire, c'est ne rien faire qui puisse aggraver l'état du patient. Rester humble. Ne pas croire en sa toute-puissance. Mesurer le geste que l'on veut faire et parfois ne pas en faire.

« Quand j'opère des enfants au Mali, je me répète souvent cette devise : "Ne pas nuire." Si j'étais resté aux côtés de ta mère je ne crois pas que j'aurais pu t'assurer, mais aussi lui garantir à elle, de ne pas lui nuire.

— Je crois que je comprends. Mais pourquoi as-tu besoin d'être si loin de moi ? J'ai encore besoin de toi.

— Ça, je crois que je ne le mesurais pas bien. Tu sembles si forte, si indépendante, conduisant ta carrière avec tellement de réussite. Moi j'ai un très fort sens du service, du devoir, de la mission. Je suis un peu comme les militaires. Ce n'est pas pour rien que j'ai longtemps été l'un des médecins qui accompagnaient le peloton de gendarmerie de haute montagne pour des opérations de secours. Ce n'est pas de l'orgueil mais simplement une volonté que ma vie soit au service d'un projet plus grand que moi. Tu as toujours eu à me partager avec la terre entière mais je te promets de revenir plus souvent par ici, si tu y es.

J'entends les sonnailles du troupeau de moutons. Elles viennent de Fontcouverte. Thomas ne doit pas être loin. Je le vois arriver à la tête de son troupeau, Nadia à ses côtés et Robin à la main. Les brebis portent des pompons de couleurs comme lors des fêtes de transhumance. Au milieu du troupeau un âne est chargé de cabas. C'est Pasco qui le fait avancer alors que Kate est assise en croupe. Puis viennent Colette et Michel en grande conversation avec Giorgio et Hugues.

Il y a aussi deux silhouettes les bras chargés. Le premier transporte un grand carton, le second un énorme bouquet de tournesols qui lui masque le visage. Le troupeau s'arrête et se rassemblent devant lui tous ceux qui marchaient. Je distingue enfin les traits des deux derniers. Antoine a ouvert son carton et présente désormais une tarte aux myrtilles alors que les tournesols circulent de mains en mains jusqu'à ce que chacun en ait deux. C'est alors que retentit le plus beau des « joyeux anniversaire », et que le porteur de bouquet se retourne et me sourit simplement. C'est Pierrot.

Il y a bien trop d'émotions pour moi. Papa vient à mes côtés entraînant maman avec lui. Elle semble sourire elle aussi mais il est probable qu'aujourd'hui toute la vie semble me sourire.

Alors que le jeune Robin applaudit de toutes ses forces, papa demande le silence, sort une feuille de sa poche et lit :

Ma fille, ma chère Ana qui fête tes cinquante ans,

Tu dois trouver que c'est beaucoup, cinquante ans, mais en toute chose il faut rester modéré, relativiser et se donner quelque perspective.

Permets-moi de te proposer un exercice avec la complicité littéraire de Patrick de Wever, professeur de géologie du Muséum d'histoire naturelle :

Si nous considérons que la Terre, notre mère nourricière, a quarante-six ans.

Mère est effectivement une planète de quarante-six ans pour qui chaque année dure cent millions d'années.

Comme nous, notre mère garde une mauvaise mémoire de sa petite enfance, laquelle reste très mal connue.

Les événements qui l'ont marquée sont perdus, écrasés et recyclés par les processus géologiques.

Nous avons un premier aperçu d'elle à ses huit ans, mais cet instantané est décoloré, passé, et l'on n'en distingue aujourd'hui que de pâles contours.

Les premiers enregistrements de la vie primitive dans ses océans sont visibles au cours de sa onzième année, mais le développement fut si lent que les formes à parties dures, telles que les trilobites, n'apparaissent pas avant qu'elle ait dépassé l'âge canonique, c'est-à-dire quarante ans.

Ses continents sont restés dépourvus de toute vie visible jusqu'à ce qu'elle atteigne quarante-deux ans. Mais la quarantaine marqua le début d'une activité florissante, et ses quatre dernières années en particulier furent très occupées.

En effet, quand elle eut quarante-trois ans sont apparus les requins dans les océans, les insectes dans son air, les forêts et les reptiles sur ses continents.

À ses quarante-quatre ans, les dinosaures se dandinaient sur ses terres. Ils sont morts il y a huit mois et leur place est alors prise par les mammifères.

Depuis deux semaines seulement de grands singes anthropoïdes ont fait leur apparition.

La semaine dernière se sont avancés les glaciers de l'ère glaciaire qui se sont retirés il y a quarante minutes.

Mais quatre heures se sont écoulées depuis qu'une nouvelle espèce, qui s'est baptisée elle-même Homo sapiens, a commencé à chasser les autres animaux.

Durant la dernière heure, elle a inventé l'agriculture et s'est fixée.

Il y a quinze minutes Moïse a conduit son peuple en sécurité en traversant la mer Rouge et environ cinq minutes plus tard Jésus prêchait sur une montagne.

Une minute avant que mère ait quarante-six ans, l'homme a commencé sa révolution industrielle. Pendant cette minute il a prodigieusement multiplié ses compétences et surexploité la planète pour son métal et son énergie.

*Tu es donc née il y a moins d'une nano-
seconde et autant dire que, à l'échelle de
notre Terre, je n'ai eu que le temps d'un
baiser pour t'aimer...*

*Maintenant que nous sommes ramenés à
la juste mesure d'*Homo sapiens *parmi la
tribu des siens, je voudrais te dire combien,
pour moi-même et ceux qui ont la chance
d'être tes proches, tu es souvent la gardienne
du feu de notre tribu.*

*Je te souhaite une nouvelle nanoseconde
la plus éternelle qui soit et tâcherai d'être
un père toujours aimant même si parfois je
ne te le dis pas assez ou que je l'écris sur
le sable d'une dune du Sahara en espérant
qu'un grain, porté par le vent, te fera parvenir mon message.*

La fête a duré toute la journée.

Michel m'a offert une statuette de loup qu'il a
sculptée dans un morceau de mélèze. Son loup
semble sourire avec malice. J'imagine Garou et
Céline avec leurs petits et leur souhaite de vivre
en bonne entente avec les hommes, c'est-à-dire
pas trop près.

Kate a joué du piano, et nous avons tous
chanté. Une émotion particulière s'est dégagée
lorsque nous avons entonné *Imagine,* la chanson mythique de John Lennon. À ce moment-là
je me suis dit que tous les hommes faisaient
le même rêve d'un monde de paix et d'amour.
Trop souvent certains cherchent le chemin qui

y mène alors que ce sont bien la paix et l'amour qui sont eux-mêmes le chemin.

C'est après cette chanson que Pierrot m'a emmenée à l'écart. Depuis son arrivée avec le bouquet je croisais parfois son regard où je percevais une tendresse triste. Je savais qu'à un moment ou à un autre il allait falloir nous parler de nouveau.

— J'ai été en colère. Plus que je ne l'ai jamais été. J'ai été en colère d'abord envers toi. Tu ne t'es pas rendu compte qu'en me cachant ma paternité tu m'as privé d'un enfant que je n'ai jamais eu. J'ai également été en colère contre moi-même. À la réception de ta lettre j'aurais aussi pu prendre un train pour Paris, et me battre à la hauteur de l'amour que j'avais pour toi. Un amour que je n'ai jamais retrouvé depuis.

J'écoute Pierrot et mes larmes coulent douce-ment. Tout ce qu'il dit est juste, incontestable, et je n'ai qu'à l'écouter...

— Merci, Pierrot. Merci d'être là malgré tout. Tu avais le droit de ne plus jamais vouloir me revoir. Et tu avais le droit d'être en colère.

— Puis la colère a laissé place à de la tristesse. Si je suis là aujourd'hui ce n'est pas pour toi mais pour moi, peut-être pour nous aussi. Je voudrais que Félix sache que je suis aussi son père. Je ne cherche pas à prendre la place de Paul. Je veux simplement qu'il sache combien je t'aimais au point d'avoir pu accueillir comme la plus grande des joies la nouvelle de sa naissance. Je veux qu'il sache qu'il est d'abord né du reflet de la Clarée dans tes yeux, de nos courses pieds nus dans les prés de Buffère, des nuits où nous faisions l'amour sous un ciel où, à chaque étoile filante, je faisais le vœu de nous aimer toujours.

Je pleure à gros bouillons. Reniflant comme une enfant. Pierrot sort alors un mouchoir de sa poche et me le tend.

Je le regarde dans les yeux. Je ne veux pas détourner les miens des siens. Je ne trouve pas les mots et espère trouver le regard. Un regard qui vient du cœur, qui ne veut rien cacher, qui revient de si loin...

— Pour ce que je n'ai pas su être, pas osé affronter, pour l'égoïsme de mon choix, je te demande pardon. Je parlerai à Félix. Je lui dirai qui tu es. Je lui demanderai également pardon pour ce père dont je l'ai privé. Pour le reste, je lui fais confiance, je vous fais confiance.

Pierrot me prend la main. La tristesse a quitté ses yeux, mais pas la tendresse.

J'ai vu papa prendre la main de maman et la faire danser.

Durant un instant j'ai revu cette image que j'aimais tant regarder enfant lorsque nous allions au bal du village. Voir son père et sa mère danser ensemble, c'est les voir au premier jour de l'amour, dans l'élan qui engendrera notre propre existence. Toutes les naissances des enfants du monde ont certainement été précédées par une danse de leurs parents.

J'ai raconté la légende du loup blanc et du loup noir à Robin. Papa n'a cessé de parler avec

281

Pierrot avec une complicité touchante. Je me suis dit que mon père avait sans doute manqué d'un fils. Et que la relation père-fille est d'une nature autre. Giorgio allait régulièrement chercher des bouteilles de bière qui rafraîchissaient dans le ruisseau qui vient du Laramon, juste sous le chalet. Avec Hugues, il a entonné le bénédicité au début du repas sous le regard désapprobateur de papa qui a lancé *Étoile des neiges* et remporté un bien plus grand succès !

J'ai souvent tourné mon regard vers les Béraudes. Deux gypaètes planaient dans le ciel. Le moine-photographe est-il parti ? J'ai hâte de voir ses photos de la Clarée. Aura-t-il su rendre en images tout ce que je ressens de ce morceau de planète ? Son regard a-t-il perçu ce qu'il peut y avoir d'universel dans le message de cette vallée ?

Depuis que je suis revenue, jamais n'auront résonné avec autant de clarté les mots de Simone Weil : « Aimer un étranger comme soi-même implique comme contrepartie de s'aimer soi-même comme un étranger. »

À midi, j'ai eu un appel de Félix pour me souhaiter mon anniversaire. Je lui ai dit que je voulais venir au Canada le voir à Whitehorse, dans ce Yukon qu'il aime tant. Il m'a proposé que nous descendions la rivière en canoë. Je lui ai promis d'aller jusqu'à la source avec lui car j'avais tant de choses à lui dire à propos de cette source.

Épilogue

J'ai longtemps hésité avant de raconter ce qui se passe dans cette vallée des Alpes à laquelle je dois tant. Hésité à partager mon amour pour cet endroit où coule une rivière qui emporte avec elle mon enfance mais aussi l'éclat de mes rires ou le sel de mes larmes.

Bien entendu, la Clarée est ma plus belle vallée du monde !

J'ai hésité car je craignais, en parlant d'elle, de contribuer un peu plus, avec mes mots, à ce que d'autres y viennent et s'en emparent. Ce n'était pas de la jalousie mais davantage la crainte qu'elle soit abîmée, comme un alpage sur-pâturé. Et puis, au fil du temps, je me suis dit qu'en réalité personne ne trouvera dans la Clarée ce que j'y trouve. Elle ne doit son caractère unique à mes yeux qu'à ceux qui m'y ont aimée et que j'aime. Il n'y a que moi qui verrai toujours dans l'eau de la rivière la couleur des yeux de ma mère.

Je crois que chacun doit trouver sa vallée, pour y cultiver sa vraie relation au temps, la protéger, lui prendre autant que lui donner, afin que toujours elle soit là pour l'accueillir.

La nature ne juge pas celui qui y hurle de douleur ou s'allonge dans l'herbe pour y faire l'amour. Les arbres ne portent dans leurs branches que ce que nous y accrochons. Ceux de la Clarée sont autant couverts de feuilles que de mes souvenirs, mes prières, mes espoirs, mes combats. Je suis certaine que d'autres arbres, d'autres rivières, aux quatre coins de France et du monde, ont le reflet des yeux d'autres mères, portent d'autres prières, d'autres espoirs, d'autres combats.

Quant à la Clarée, c'est une vallée qui, comme les forêts d'Amazonie, les montagnes du monde, les éléphants d'Afrique, les abeilles et les libellules, les océans et les mers, est sous ma responsabilité. Si je ne parviens pas à la protéger, elle qui est devant mes yeux, elle où je viens pour quelques jours ou pour y vivre, je porte alors ma part de responsabilité dans la marche du monde.

Alors, j'ai voulu parler de la Clarée pour que celle ou celui qui me lira protège sa vallée comme si c'était le monde entier qu'il protégeait. Pour que celle ou celui qui m'écoutera ait envie d'aimer l'étranger comme lui-même, et de s'aimer comme un étranger.

Et puis, comme je suis un peu prudente, j'ai gardé secrets quelques lieux que je n'indiquerai jamais sur aucune carte. Le bord d'un petit torrent qui ressemble à un jardin japonais, un endroit où l'on peut trouver des edelweiss à foison, la tanière où Céline est revenue plusieurs années donner naissance à ses louveteaux...

Remerciements

Ce récit n'aurait jamais pu être écrit sans avoir été inspiré par des femmes et des hommes qui ont accompagné mon engagement de leur amitié.

Que soient ici remerciés Sophie Marinopoulos, Hélène Ruffenach, François Lemarchand, François Letourneux, Cyril Dion, Patrick Viveret, Allain Bougrain-Dubourg et Henri Trubert.

Ce texte ne serait pas devenu un livre sans l'accompagnement exigeant des équipes Eyrolles et en particulier de Stéphanie Ricordel, Soazig Le Bail et Chloé Marquet. Merci à chacune, comme à Aurélia Robin et May Yang qui œuvrent pour que *Mon cœur contre la terre* fasse aussi battre plus fort celui de lectrices et de lecteurs.

Enfin, merci à Marie Pic-Pâris Allavena et Gwénaëlle Painvin d'avoir cru en ce texte.

13152

Composition
NORD COMPO

*Achevé d'imprimer en Espagne
par BLACKPRINT
le 7 mars 2021.*

Dépôt légal: mars 2021
EAN 9782290259580
OTP L21EPLN003037N001

Éditions J'ai lu
87, quai Panhard-et-Levassor, 75013 Paris

Diffusion France et étranger : Flammarion